カラダ契約

～エリート御曹司との不埒な一夜から執愛がはじまりました～

1

「それでは、あおい先輩の契約を祝って、かんぱーい！」

「かんぱーい！」

女性三人の黄色い声に続き、カチンとグラスの触れ合う音が店内に響く。

ここは都心のオフィス街の裏通りにある、落ち着いた雰囲気の居酒屋だ。天井から吊るされた白熱球のほのかな明かりに、木目の腰壁、ダウンライトの降り注ぐバーカウンターと、どこをとってもおしゃれのひと言に尽きる。料理もアヒージョやタコス、肉料理と種類も豊富なため、こぢんまりした店内は若い人たちでいつも賑《にぎ》わっていた。

須崎《すざき》あおいが勤めるフジチョウ建設は、ここから道一本隔《へだ》てた国道沿いにビルを構えている。従業員数は千人ほどで、取締役は皆同じ姓。いわゆる同族経営の不動産建設会社だ。

短大卒業を機に入社したあおいも、来年の春には早くも勤続丸十年を迎える。三十路《みそじ》を目前に控えた現在は、資産運用部第二営業課の主任として邁進《まいしん》する日々だ。

「先輩、無事契約にこぎつけてよかったですね〜！」

「まだ気が早いよ。契約するなんてひと言も言われてないのに」

隣の席でキャッキャと喜ぶ後輩の咲良優愛《さくらゆあ》に、あおいは苦笑いを浮かべた。

「でも、それまでは見積りすら出させてもらえなかったんだから、あとひと押しってことじゃないですか？」

いやいや、と向かいに座る同じく後輩の村本美尋《むらもとみひろ》が手を振る。

「違うんだなあ、優愛ちゃん。ここから先が長いんだって。しかも山田《やまだ》さんといったら大地主だもん。いろんな業者が足繁く通ってるんだよ」

「もう、そんなこと知ってますよ〜。せっかく喜んでるのに水を差すなんて、美尋さんひど〜い」

プンスカと頬《ほお》を膨らませる優愛の肩をあおいは優しく叩いた。

「大丈夫大丈夫、気にしないで。ほら、せっかくのお酒なんだから楽しくのもう！　はい、かんぱーい！」

手にしたビールのグラスを掲げてから、クーッとあおる。

ごくごくとのみ干すと、喉を駆け抜ける苦い泡がなんとも心地いい。やはりアルコールは最高だ。酒を覚えた二十歳の頃から種類を問わずいけるクチで、平日でも夕食前に必ず晩酌をする。最後に休肝日を設けたのはいつだっけ？　と首を捻るほどだ。

今日この店にやってきたのは優愛の提案によるものだった。美尋の言う通り、まだ契約にこぎつけるかどうかも定かではないが、あおいにとってみれば酒をのめるというだけでラッキーなのだ。何より優愛の気持ちが嬉しい。これで経費で落ちればなおいいのだが、部署の一部のメンバーだけの集まりではそういうわけにもいかないだろう。

料理が運ばれてきて、あおいは自ら後輩たちに取り分けた。

「はい、優愛ちゃんの分。これは美尋ちゃんのね」

「わーい、先輩ありがとうございます。おいしそう〜」

箸を手に無邪気な笑みを浮かべる優愛に、あおいもつい相好《そうごう》を崩す。

二十五歳の彼女は見た目だけでなく、性格まであざとかわいい後輩だ。今もお通しの魚の切り身を箸の先で小さくちぎり、口に運ぶと同時に「おいしい」と頬《ほお》に手を当てる。

グラスにはピンク色のいちごソーダ。ちょこまかとした動きで箸を置き、『私かわいいでしょ？』とばかりに、ちびりとグラスに口をつける。

（ま、実際にかわいいんだけど）

優愛は顔がかわいくてスタイルがいいだけでなく、いつもおしゃれに気を使っている。胸の高さまである髪を緩く巻き、今日はふわっとしたアイボリーのワンピースにもこもこのバッグというい で立ちだ。彼女はあおいと違って営業ではなく営業事務のため、服装はある程度自由が利く。この姿で彼氏がいないのは、きっと優良物件を狙っているのだろう。

（それに対して私の格好……！）

自分の姿を見下ろして思わず苦笑いを浮かべる。

仕事柄、地味な色のスーツを着ているのは仕方ないとして、長い髪を後ろで束ねただけのヘアスタイルはまるで就活生だ。担当する個人の地主は年配者が多いため、派手な服装や髪型はご法度。

身長も百六十五センチと高いほうで、かわいげも色気の『い』の字もないと自覚している。

「ところであおいさん、おうちのほうは大丈夫なんですか？」

「んっ？」

正面から尋ねられて、パッと顔を上げた。

もぐもぐと口を動かしているのは、営業の後輩である美尋だ。ショートカットの彼女は元バレー部の体育会系で、見た目に違《たが》わずはっきりした性格をしている。

美尋は優愛より三年先輩の二十八歳。全体的に仲がいい営業部でも、このふたりとは特に馬が合い、よく一緒にのみに行ったり、休日に買い物に出かけることもある。

あおいは箸を止め、口の中のものをビールでのみ下した。

「弟には連絡したよ。ご飯はやっておくからゆっくりしてきなって言ってくれて、大人になったなーって感動しちゃった」

「ええ〜、素敵！」

優愛が目を輝かせて身を乗り出す。

「これはスパダリになること間違いなしですね。いくつでしたっけ？」

「二十二。大学四年生だよ」

「妹さんは受験生でした？」

と、美尋。

「うん。来年の春に大学受験だよ。早いなあ」

「先輩の弟さん、私より三つ年下か……うん、アリですね！　今度紹介してくださいよ〜」

「優愛ちゃんてば、がっつきすぎ！」

美尋が口を開けて笑い、あおいも一緒になって笑った。

あおいに両親はなく、現在は歳の離れた弟妹とアパートで三人暮らしだ。弟は七歳下の大学四年生、妹は高校三年生で、現在大学受験に向けて遅くまで塾に通っている。

両親が離婚したのは、あおいが十二歳の時だった。その数年後、母を病気で早くに亡くしたため、あおいがふたりの親代わりとなったのだ。

その頃妹はまだ小学生で、あおい自身も就職したばかりだったため本当に大変だった。授業参観や運動会、合唱祭や保護者会にも参加した。仕事の都合でどうしても学校に行けなかった時には、こっそりと泣いている妹に自分も涙したことがあった。

（それが今ではすっかり大人になっちゃって……）

今では週の半分は弟が食事を作ってくれる。営業の仕事は残業が多く、すべての家事までは手が回らないなか、ふたりが協力してくれるのが本当に助かる。学費を稼ぐのは大変だけれど、かわいい弟と妹のためなら頑張れるというものだ。

「ちょっと先輩」

トイレに行くと言って席を外していた優愛が、ぱっちりした目をキラキラと輝かせて戻ってきた。

「何？」

「隣のテーブル見てくださいよ」

「隣？」

「ダメッ！」

　顔を向けた途端に腕を引っぱられる。

「そんなにガッツリ見ないでください！　ほら、向かって左奥にいる人、めちゃくちゃイケメンじゃないですか？」

　あおいはおしぼりを取るふりをしてちらりと横目で見た。すると彼女の言う通り、びっくりするくらいのイケメンがいる。隣のテーブルはスーツ姿の男性が三人ばかり。だがその人からは、見る者すべてを惹《ひ》きつけるほどのオーラがにじみ出ていた。

　その男性は椅子に座っていても、ほかのふたりより頭ひとつ分抜きんでていた。艶のある黒髪と、健康的に日焼けした肌。目元は切れ長の二重《ふたえ》で、三白眼ぎみの目力が強いタイプ。笑うと横に大きく広がる口元には、控えめなえくぼが浮かんだ。

「やば。めっちゃ腕太い。かっこいい～～！」

　優愛はすっかり興奮した様子だ。なるほど、紺色のベスト姿の彼はブルーのシャツを肘まで腕まくりしており、筋肉質な腕に太い血管が浮き上がっている。肩幅が広く、胸板も厚い。

「ホントだ。あんなイケメン、この世にいるんだ」

　と、美尋。

　あおいの腕が優愛にがしりと掴まれた。

「ね？　ね？　先輩もかっこいいと思うでしょ？」

「そ、そうだね。素敵な人だねぇ」

確かにすこぶる見目麗しい男性だとは思うけれど、あいにくそれ以上の感情はない。すでに恋を諦めた身だ。最後に恋人がいたのは四年前で、それ以来合コンにも行かず、マッチングアプリも試したことがない。この先もずっと『おひとりさま』を貫くつもりである以上、恋愛感情は抱くだけ無駄だと思ってしまう。

それなのに、以前から部長にお見合い話を持ちかけられていて、近いうちに食事でも、と言われているのだ。結婚は考えていないと何度言っても一向に取り合ってくれない。

(ああ、嫌なこと思い出しちゃった)

週明けにまた顔を合わせると思うとゾッとする。勢いに任せてビールをごくごくとあおった。

「いいのみっぷりだね」

頭上から降ってきた低い声に驚いて、あおいは目を開けた。その瞬間、視界に飛び込んできた端正な顔にむせてしまう。

「大丈夫？」

目を白黒させて胸を叩くあおいのもとに、新しいおしぼりが差し出された。声をかけてきたのは例のイケメンだった。隣と向かいの席から、「キャー」という黄色い声があがる。

「あ、ありがとうございます」

動揺するあまり、素っ気なく言っておしぼりを受け取った。普段話す男性は年配の地主や銀行マン、社内の人のどれかだから妙にドギマギする。しかもこんなみっともないところを見られるなんて……

ふ、と男の口がさらに横に広がった。男性的な口元にえくぼが浮かび、思いがけずドキッとする。

(あ、やっぱりかっこいいかも)

「泡、ついてるよ」

「えっ?」

慌てて手の甲で拭うと、男がくすくすと笑い声を立てた。彼がただ笑っただけで、その場がドラマのワンシーンみたいに見える。

(は? なにこれ、モデルか俳優?)

こんなにスーツが似合う男性を見たのは初めてだ。スーツのベスト姿というのもポイントが高い。男が目の前のテーブルに手を突き、腕に走る太い血管がより浮き上がった。

「俺たち三人、男ばかりなんだけど、よかったら一緒にのまない?」

「えっ……一緒に、ですか?」

愛想よく言われて隣のテーブルを見ると、同じくスーツ姿の男性ふたりがこちらに熱い視線を送っている。手前にいるあおいをスルーして、彼らが見ているのは優愛だ。これはいつものお決まりのパターン。

(ははあ、ナンパか)

優愛はかわいいから、一緒に街を歩いていると彼女目当てで誘いがかかることがよくあるのだ。

きっとこのイケメン男性も同じだろう。あおいに声をかけてきたのは、この中で一番年長者だからに過ぎない。

「ダメかな？」

再度請われて優愛と美尋を見ると、ふたりとも懇願するような顔つきでアイコンタクトを送っている。あおいは苦笑いを浮かべた。

「ダメ……じゃなさそうですね」

「ありがとう。じゃあテーブルくっつけようか」

男性グループが立ち上がり、テーブル同士をくっつけてひとつにした。彼らと店主が視線でやりとりしているところを見るに、どうやらあおいたちと同じく常連らしい。

「それじゃ、新しい出会いに」

「かんぱーい！」

声をかけてきた男性の音頭で、会は仕切り直しとなった。まだ向こうも店に入ったばかりだったらしく、頼んだ料理が次々に運ばれてくる。目の前には、サラダ、焼き鳥、アヒージョ、グラタン、スティック春巻きと、様々な国籍の料理がずらりと並ぶ。

「今日はなんの集まりなの？」

「先輩のお祝いなんです～」

イケメンの同僚らしき男性と優愛が話している。イケメンがこちらを見た。

「へえ、君、今日が誕生日？」

「いいえ、そういうわけじゃありません」

あおいはそう答えて、回ってきたメニューに目を這《は》わせる。はじめに頼んだビールはもうのみ干してしまった。次は日本酒にしようか。

「皆さん、何かのみますか？」

ぐるりと見回すと、額を寄せ合ってメニューを見ていた面々がパッと顔を上げる。

「俺、梅酒ロックで」

「私も！」

「自分はハイボールお願いします」

割合におとなしかったテーブルが、一気に賑《にぎ》やかになった。あたかも最初からこういう集まりだったかのよう。社交的なのは優愛や美尋だけでなく、男性チームのほうもらしい。

合計六人の大所帯になり、男女が隣同士になるように三対三で座った。端の席に座ったあおいの隣は二十代半ばくらいの茶髪の男性。向かい側の真ん中には優愛がいて、彼女の左隣、あおいの正面には例のイケメンが座っている。ほかのふたりよりも歳が近そうで、一番話しやすく感じた。

「皆さん同じ会社の方たちなんですか？」

あおいが尋ねると、イケメンが頷《うなず》く。

「会社の同僚だよ。俺は槇島蒼也《まきしまそうや》。もうすぐ三十二歳です」

「ええ～、蒼也さん若く見えますね！　私は咲良優愛です。『優愛』って呼んでくださいね」

蒼也のほうに身体まで向けて目をキラキラと輝かせる優愛を見て、あおいは思わず頬《ほお》を緩めた。

彼女の『私が一番かわいいアピール』を嫌う人もいるが、あおいはこの潔さを買っているのだ。

「優愛ちゃんか。かわいらしい名前だね」

「そうですかぁ？　蒼也さんも素敵な名前ですよ」

「そうか？　初めて言われたけど」

ふたりのあいだ——だけ——で進むやりとりを、あおいはあたたかい気持ちで見守った。

合コン相手のうち、もっとも見た目のいい男性と優愛がいい雰囲気になる——これもいつものお約束。それに甘えん坊の彼女には、ずっと年上の人が合う。

（いいね、いいね。このままくっついてもいいのよ）

にこにこと笑みを浮かべつつ、運ばれてきた日本酒をちびりと啜《すす》る。喉を滑り降りる熱と、鼻に抜ける華やかな香りが堪《たま》らない。

グラスを傾《かたむ》けつつ蒼也の様子を窺《うかが》ってみたが、彼はなかなかの好人物のようだ。この時間になってもパリッとしていて疲れた様子はない。顔はテカッていないし、歯も白く、爪は短くカットされている。

『いつかお見合いおばさんになるのが夢』

普段から、あおいはそう公言して憚《はばか》らなかった。恋をした時のときめきは嫌いじゃないけれど、嫉妬やヤキモキする気持ちには疲れてしまう。きっと恋愛に向いていないのだ。それなら他人の恋を応援するほうがずっと楽。

「もう日本酒いってるんだ。イケるクチだね」

蒼也がテーブルの上で腕組みをしてこちらに身を乗り出している。

「君の名前は？」

「須崎あおいです」

「あおいさんね。お酒好きなの？」

「好きですねぇ。槙島さんも好きそうですよね」

あおいは視線で蒼也の手元を示した。彼の手にはウイスキーのロックグラスがあり、そろそろ中身が尽きようとしている。テーブルをつけた時にはお通ししかなかったから、本当に入店してきたばかりだったのだろう。それでウイスキーをロックでいくのは、のめる証拠だ。

蒼也は怜悧《れいり》な目を細めて、ニッと笑った。

「今日はウイスキーの気分だったけど、日本酒も好きだよ。この前出張先でのんだ酒がうまかったなあ。『豊賽《ほうさい》』っていうんだけど、知ってる？」

「あ、なんか聞いたことあるかも。新潟の大吟醸じゃないですか？」

「そうそう！　さすが詳しいな」

わーっと手を叩いて盛り上がっていると、優愛が蒼也にもたれかかって巻き髪をこすりつけた。

「先輩ばっかり喋《しゃべ》ってずる～い。いいなあ、私もお酒いっぱいのめたらいいのに」

「優愛ちゃんはかわいいからのめなくていいの。いちごソーダ、おかわりする？」

あおいが首を傾《かし》げて尋ねると、優愛が「う～ん」と同じポーズをした。

「でも、そんなにのんだら酔っぱらっちゃうかも～」

「酔っぱらっていいよ。俺が送っていくから！」

調子よくオオカミ役を買って出たのは、あおいの隣の席の茶髪の男性だ。いちごソーダのグラスを手にした優愛の目は、ちらちらと蒼也を見ている。

「ええ〜、ホントに？　でも、送ってくれるなら蒼也さんがいいかも〜」

「マジかよ〜つれねえ」

ガクッとうなだれる男性を見て、蒼也がクックッと笑う。

「お前な、のめない子に無理やりのませるのはよくないぞ。ここはのめる者同士の一騎打ちといこう。な？」

蒼也の形のいい目があおいを捉えた。箸で摘まんでいた春巻きを落としそうになり、慌てて左手で受け止める。

「はい？　え？　私？」

「そう。あおいさん、俺とのみ比べしない？　でないと、かわいい後輩ちゃんが獰猛《どうもう》なオオカミたちの餌食《えじき》になるかもな」

（なんて？）

にやりと意地の悪い目で見下ろされた途端、あおいの闘争心に火がついた。後輩の貞操を盾に勝負をしかけるなんて卑怯《ひきょう》ではないのか。

しかし、これがまさしく飛んで火にいる夏の虫。これまでにも、あおいがイケるクチだと見た同僚や上司の誘いを何度か受けたことがあるが、のみ比べで負けたことは一度もない。

あおいは、すっくと立ちあがった。

「その戦い、受けて立とうじゃありませんか」

ふんふんと鼻息荒くスーツの上着を脱ぎ捨てる。周りのメンバーからは、やんややんやと囃《はや》し立てる声が。

蒼也が楽しそうに笑った。

「いいね、その気《き》っ風《ぷ》のよさ。君が得意な酒でいいから」

「それじゃあ日本酒で」

「了解」

あおいが選んだ酒を、彼の後輩がふたつ注文した。ふたりともいい大人だから、バカみたいなのみ方はしない。一杯ずつ、特に時間制限を設けずに、最終的に空けたグラスの数で競おうと決めた。

優愛の采配で握手を交わす。

「それじゃあいいですかぁ？　よーい、スタート！」

蒼也と目で合図を交わし、あおいはグラスを啜《すす》った。中身はぬる燗《かん》だ。蒼也は冷やで。この店の日本酒は少し辛口ですっきりとのみやすく、塩辛などの塩分の高いつまみをアテにグイグイいけてしまうから危ないのだ。

「あおいさん、ググっといっちゃってください！」

「ダメダメ、美尋ちゃん。ペース守らないと意外とのめないんだよ」

「そうだよ。ほら、みんなも見てないで。食べて飲んで、バーッと騒ごう」

蒼也に促されたメンバーは、それぞれ楽しそうに酒をのみだした。それでいてあおいと蒼也もサシのみになることはなく、ちょこちょこと会話に加わる。

男性たちから『部長』と呼ばれているところを見ると、蒼也はふたりの上司のようだ。この若さで部長だなんて、あまり規模の大きくない会社なのだろうか。

「ここの砂肝うまいよ。ここに来るといつもこれ頼むんだ」

蒼也が差し出した皿の砂肝を、あおいはパクッと頬張《ほおば》る。

「ほんとだ、おいしい。槙島さんの会社はこの近くなんですか？」

「そうだよ。君のところも？」

「ですね。だからこの店へはよく来ます」

「名刺交換は……しなくていいな」

スーツのポケットに手をやりかけて止めた蒼也に、あおいはウンウンと頷《うなず》く。

「そういうの持ち込みたくないですよね」

「同感。君とは気が合いそうだ」

彼は意味深に目を細めたが、おそらく社交辞令だろう。会う女性みんなに使う営業トークで、ボクシングのジャブみたいなもの。

相手に合わせて社交辞令で返すのは、ビジネスにおける基本中の基本だ。そこに本心は必要なく、相手もそれとわかっていて合わせてくれる。営業の仕事は日々化かしあいで、あおいは互いをタヌキと思っているくらいだ。

ちょっと小首を傾《かし》げつつ、あおいは上目遣いに彼の目を見た。

「私も槙島さんとは気が合いそうだと思いました。年齢も近いですし」

「それは光栄の至りだな。——すいませーん、冷やでお代わり」

かしこまりました、と厨房で声がする。

「ぬる燗《かん》もお願いしまーす！」

あおいも手を挙げて声を張った。

「さすが速いね。大丈夫？」

蒼也はからかうような口ぶりだ。腹の中では感心しているのか、驚いているのか。それとも引いているのか……微妙な表情だ。

「全然ですよ。槙島さんもでしょう？」

「俺も全然。蒼也でいいよ」

「わかりました。蒼也さんと呼ばせていただきます」

にやりと唇の端を上げた彼の口元にえくぼが浮かぶ。それがなんとも魅力的で、これは本当にモテるだろうな、と感心する。

「明日になっても、俺の名前忘れないでよ」

「大丈夫です。酔っぱらってもイケメンは忘れませんから」

その後も化かしあいの応酬をしつつ、あおいは順調に杯を重ねていった。途中からグラスではなく一升瓶に切り替え、ふたりとも手酌でのみ進める。カウントしているのは下戸の優愛だ。

一般人からすると相当速いペースだろうけれど、あおいにしてみればこれが普通だった。これまでの対戦相手は四杯目あたりから徐々にペースが落ちていったが、蒼也は見事に食らいついている。

優愛の手元をちらりと見たところ、ナプキンに書かれた正の字の数は、あおいが六、蒼也が五。

（なかなかやるじゃない）

でも、悪いけれど負ける気がしない。あおいはひと晩で一升半空けたこともある猛者だ。男性では時々いるけれど、女性でそこまでのめる人は滅多にいないと聞く。

酒の強さもさることながら、これまで蒼也と話していて感じるのは、徹底的に『手慣れている』ということだった。

相手の素性を聞かないし、自分も聞かれたこと以外は答えない。『年齢が近い』とあおいが言ってもつられなかった。

女性に年齢を尋ねるのは失礼と言いつつも、相手側から振られたら普通はそれとなく尋ねるものだ。そこから共通の話題で盛り上げて距離を縮め、あわよくば、という流れが定石である。あおいのことがまったく眼中にないか、純粋に今を楽しもうとしているだけなのか。恋愛はしたくないと言いつつ、後者であってほしいと願うのはわがままだろうか。

ほぼ互角かと思われた戦いは、勝負が始まってから二時間が経《た》つ頃、唐突に終わりを迎えた。蒼也が『参った』と言ったのだ。

「あ〜、勝てると思ったんだけどなあ。強すぎるだろ」

彼は両手で頭を抱えて天を仰いでいる。本当に悔しそうだ。顔色はまったく変わっていないけれど、少しだけ呂律がおかしいような気もする。

あおいはテーブルに手をつき、丁寧に頭を下げた。

「勝負ありがとうございました。蒼也さんもすごかったですよ。私が今までに対戦した人の中で一番強かったかも」

それに楽しかった。会話もよく弾んだし、最後までおいしく酒がのめたからだ。

「え？　勝負あったんです？　どっちが勝ったんですか？」

優愛がパッとこちらを向いた。のんだ数をカウントしていたはずの彼女は、途中から審判そっちのけで向こうの会話に夢中になっていたのだ。

あおいはガッツポーズを取ってみせた。

「優愛ちゃんのことは私が守ったからね！」

「あおいお姉さま、素敵～～！」

互いに伸ばした両手を握り、きゃあきゃあと声をあげる。

「盛り上がってるところ悪いんだけど、そろそろ店を出ようか。あんまり長居しちゃ悪いし」

「じゃあ私たちも」

蒼也が伝票を手に会計に向かったため、あおいも彼に続く。立ち上がった彼は見上げるほど背が高かった。バレエシューズを履いているあおいの目線が、彼の肩甲骨のあいだにある。おそらく一八五センチくらいか。

蒼也の大きな背中の陰からレジを覗き、思わず笑ってしまった。表示された金額はたった六人でのんでいたとは信じがたいものだった。どちらもなかなか音を上げずに杯を重ねた結果だ。

「部長、経費で落ちますか？」

後ろからこそこそとやってきた部下の男性に、蒼也が唇を曲げてみせる。

「ダメだな。ここ最近は経理がうるさいんだよ。お前らふたりとも四千円な」

たはー、とうなだれて戻っていった男性が、テーブルで代金を徴収している。

「じゃ、私の分はこれで」

あおいは財布から取り出した一万円札二枚を泣く泣く差し出した。わけあって、あおいの懐具合は同年代の女性と比べるとかなり苦しい。今日はたまたま銀行から生活費を下ろしたばかりだったため、財布にたくさん入っていたのだ。

「悪い。あとでいい？」

蒼也は長財布をジャケットの内ポケットにしまい、テーブルに向かった。

「みんな帰るぞー」

「はーい」

蒼也の指示に従って、全員がぞろぞろと店をあとにする。優愛と美尋までが彼の部下みたいだ。

「はい、さっきのお金」

店を出たところで、あおいは折りたたんだ一万円札を蒼也の胸に押しつけた。なんとなく受け取ってくれない予感はしていたが、案の定、彼は駅のほうに足を向ける部下たちを見送っていて気づかないふりをしている。

「そ、う、や、さん」

一万円札を握った手でトントンと彼の胸を叩く。蒼也はやれやれといったふうにこちらを見た。

「じゃあ五千円だけもらっていいかな」

「そんなわけにはいきませんよ。私のほうが多くのんでるんだし」

「勝負を持ちかけたのは俺のほうだよ」

ポケットに両手をしまい込んだ蒼也が目じりを下げる。

これは本気で受け取らないパターンだ。たった数時間前に出会って、たまたま一緒にのんだ人にそこまでしてもらう理由がない。

「じゃ、あおいさん。お先に帰りまーす」

声がして振り返ると、美尋が手を振っている。

「あ、うん……！　気をつけてねー！」

「お前ら送りオオカミになるなよ！」

蒼也が店の前から動きもせずに、彼らの後ろ姿に声をかけた。

「私も帰らなきゃ！　先輩、これから蒼也さんとはしごしたりしませんよね？」

男性のひとりに腕を取られた優愛が、後ろ髪を引かれるようにあおいたちを振り返る。

「しないから安心して。ほら、早く行かないと電車なくなっちゃうよ！」

「ヤバい、ヤバい！　お疲れ様で〜す！」

優愛がぱたぱたと走っていき、店の周りがやっと静かになった。実家暮らしの彼女は家が遠く、宴会の途中で先に帰ることが多いのだ。

彼らの姿が見えなくなると、あおいはくるりと振り返って代金を突き出した。

「はい、蒼也さん。受け取ってくれないと本当に困ります」

「今度会った時でいいから」

蒼也が薄く笑みを湛《たた》えてあおいの手を押し戻す。あおいはため息をついた。

「またそんなこと言って。次にいつ会えるかわからないでしょう？」

「そうか。それは困るな。じゃあ今からちょっとだけ付き合ってよ」

「はい？」

しばらく押し問答したのち、なんだかんだと言いくるめられて、気づけばタクシーに乗っていた。

十分ほどタクシーの後部座席で揺られてやってきたのは、繁華街の裏通りにある落ち着いた雰囲気のバー。看板らしい看板もなく、こんな店よく知っているなあ、と感心する。

目立たない木製のドアを開けると、カウンターの中にいるマスターが小さく頷《うなず》いた。店内は薄暗く、木目と黒を基調とした内装が大人っぽい。こぢんまりした店内にはスローテンポのピアノジャズが流れている。

客はまばらで、男性のふたり組とひとり客が数人いるだけだった。皆静かに酒を楽しんでおり、口髭《くちひげ》を生やした中年のマスターが熟練した手つきでシェイカーを振っている。

蒼也がボックス席に着き、あおいはその隣に座った。座席はL字型になっているため、小さな声でもじゅうぶん会話ができそうだ。

「こういうお店、初めて来ました」

あおいは両手を膝に置き、蒼也の耳元に囁《ささや》いた。借りてきた猫みたいな気持ちだ。会社の同僚と仕事帰りにのむのは居酒屋と決まっていて、こういう静かなバーは緊張してしまう。

蒼也は笑い、テーブルに両肘をついてあおいの顔を覗き込んできた。

「強いからひとりでこういう店に来るのかと思ってた。で、何にする？」

「えーと、おすすめはなんですか？」

「んー……せっかくだからテキーラいっとく？　明日休みだろう？」

「土日休みです。蒼也さんも？」

「そうだよ。じゃ、決まりだな」

蒼也が手を挙げると、カウンターの中にいた女性店員がやってきた。黒色のベストにパンツ、えんじ色のネクタイをしている。

注文から五分と経《た》たずにグラスがふたつ運ばれてきた。琥珀《こはく》色の液体が満たされたショットグラスの上にはライムが載せられ、グラスのふちに塩がついている。

「はい、乾杯」

「乾杯」

ライム片手にグラスを指先で持ち上げる蒼也に、あおいも倣《なら》う。テキーラは過去に一度のんだだけで、作法もよく知らない。蒼也の真似をして一気にグラスをあおり、すぐさまライムをかじる。

「ん〜〜〜」

喉を駆けおりる刺激が日本酒の比じゃない。口から胃にかけてカッと熱くなり、目をぱちぱちとしばたたく。

「効くなあ。久々にのんだ」

「いいですね。もう一杯いきたくなります」

「いくか？　いこう」

蒼也が店員を呼び、今度はつまみになるものも頼んだ。あまり頻繁に呼ぶのも悪いので、テキーラは一度に三杯頼む。

二杯目をのんだあたりで、なんだか気持ちがハイになってきた。

「ああ、おいしい。楽しいなあ……」

はーっと息を吐き、すでにかじってあるライムをチュッと吸う。あおいの家はここからそう遠くないため、終電まではあと一時間ほどある。ここまでのんでしまったからには、時間いっぱいまで酒を楽しみたいところだ。

蒼也が頬杖《ほおづえ》をついてこちらを見る。

「本当、うまそうにのむよな。やっぱり君とは気が合いそうだ」

「まだわかりませんよ。お互い何も知らないわけですし」

「知りたいと言ったら？」

思いがけず蠱惑《こわく》的な目で見つめられて、あおいの心臓がドキンと跳ねた。きれいな二重瞼《ふたえまぶた》にすっと通った鼻筋。ふっくらと濡《ぬ》れた唇。滅多にお目にかかれないような美丈夫の視線が、あおいの顔のパーツの上を行ったり来たりしている。

（えっと、これは……まさか、口説こうとしてる？）

ふっ、とあおいは噴き出した。

「そういう冗談はシラフの時に言うものですよ。ほらほら、蒼也さんももっとのんで」

かんぱーい、と勝手に三杯目のショットグラスを鳴らして、琥珀《こはく》色の液体を喉に流し込む。ああ、最高だ。こうしてずっと朝までのんでいたい。

蒼也も三杯目のショットグラスを素早くあおった。その前にちょっと不満げに唸《うな》るような声が聞こえたが気のせいだろう。イケメンはそんなこと言わないし、だいいち彼のような男は優愛みたいなかわいい子を選ぶはずだ。


瞼《まぶた》を刺激する明るい日差しが、あおいをまどろみの世界から呼び起こそうとしている。

いつもと違う部屋の匂い。温度。湿度。肌に触れる上質なリネンの正体を知りたいような、もうしばらく寝ていたいような……

住み慣れた自分の部屋にしてはやけに明るかった。休日はゆっくり寝ていたいから遮光カーテンをぴっちり閉めて布団に入るのに、昨夜は忘れたのだろうか。酔っぱらってそのまま眠ってしまったとか……？

「う……ん？　……んんッ？」

パチッと目を開けて頭を起こす。ベッドのスプリングが揺れた。いつも寝ているせんべい布団じゃないことに気づき、違和感のある自分の身体を見下ろしてみる。

「……えっ。えっ？　えっ？　ええっ？　嘘。何が起きた？」

がばりと飛び起きて自分の身体を呆然と眺める。未《いま》だ状況が読めないながらも、大変なことをしでかしたのはすぐにわかった。身体を覆うものが、小さな布切れひとつない。念のため、おそるおそるベッドの脇にあるごみ箱を覗いてみると――

「ひゃあーーッ!!」

そこにあった情熱的な一夜の残骸に、素早くベッドに突っ伏す。

やってしまった。

やってしまった。

しかも避妊具が三つも。ちょっと盛りすぎなのでは!?

(嘘でしょ？　信じられない……！　この世に生まれ落ちて約三十年。真面目に地味に生きてきた私が、行きずりの男とワンナイトだなんて……!!)

「うう～、ちょっと、ちょっと～～……」

裸のままうずくまり、シーツを握りしめてぶるぶると震える。テキーラを四杯のんだところまでの記憶は確かだ。そのあと五杯目を頼んだところで記憶がプッツリと途切れている。

いや、こんなことをしている場合だろうか。

「……って、ここどこなの!?　――いたぁっ！」

慌ててベッドから下りようとしたら、シーツが足に絡まって転げ落ちた。

「いった～～……もう！」

起き上がってバッグを探そうと一歩進み、引き返してシーツを身体に巻きつける。もしかしたら、まだ部屋のどこかに昨夜のお相手がいるかもしれない。お相手といっても、それが誰なのか想像に難くないのだけれど。

窓際のソファの上に、ベージュのバッグが置いてあった。あおいが着ていた服も丁寧に畳んである。スマホを取り出してマップを開くと、ここが会社と自宅とを三角で結んだ一角であることがわかる。

「セレネタワートウキョウ……？」

ズームしたところ、どうやらシティホテルの一室のようだ。

それがわかったところでようやく気づいたが、室内はびっくりするくらいに豪華だった。ベッドはクイーンサイズで、藍色を基調としたシンプルなデザインの壁と、チャコールグレーのソファと椅子。壁のテレビモニターは六〇インチだろうか。すべてのインテリアが都会的で、洗練されている。カーテンの隙間からちらりと見えるのは、目もくらむような都会のビル群。

おそらくラグジュアリー感を売りにした高層階のダブルルームなのだろう。窓に近寄れば朝日を浴びる高層ビルを睥睨《へいげい》できそうだ。

服の上には昨夜渡せなかった二万円が置いてあった。このホテル代も出してもらったのだろうし、ずいぶん借りができてしまったようだ。『今度会った時』なんて言っていたけれど、次に会ったらいくら返せばいいのかと考えただけでゾッとする。

洗面所も浴室も覗いてみたが、お相手のイケメンはもういなかった。連絡先を書いたメモもなければ、名刺もない。本当に一夜限りの、後腐れのない行為だったのだろう。

「慣れてるんだなあ……」

なんとなくがっかりしている自分に驚いた。未《いま》だ身体の奥に残る余韻からして、優しく抱かれたことは疑いようもない。何から何まで完璧なあの人を、一周回って尊敬する思いだった。


あおいが暮らすアパートは会社から電車で二十分の距離にある。さっきまでいたホテルからも二十分。地下鉄で自宅に戻った時には、午前十時を少し回っていた。

駅から歩いて十五分の静かな住宅街にある、家賃十万円の古い３ＤＫ。これがあおいたち家族の城だ。

「ただいまー……」

あまりにばつが悪くて小声でそろりとドアを開ける。いつもならチャイムを鳴らすところだが、今日は鍵を開けて入った。いつの間にか帰っていた体《てい》を装うつもりだったのに、妹の楓《かえで》が部屋から飛び出してくる。

「お姉ちゃん！　おかえり。どこに行ってたの？」

「あ、ああ～、えーと、飲み会のあと後輩のお宅にお邪魔して泊まらせてもらって……」

「後輩って誰？　優愛ちゃん？　いいなあ、私も行きた～い！」

顔を輝かせて腕を組んできた妹を、やんわり押し戻す。普段からスキンシップの多い姉妹だけど、今日はダメだ。男の匂いがついているかもしれない。

「あなたは受験生でしょ」

「ええ〜、ケチだなあ。おねぇ顔赤いよ。まだ酔ってんじゃないの？」

「姉貴はのんだって赤くならないだろう？」

ダイニングキッチンから訳知り顔で出てきたのは弟の漣《れん》だ。大学に入ってから急に大人びた弟は、サークルの飲み会だ、バイトだ、クラブだ、と毎日忙しくしている。

あおいはハッとした。

（まさか、漣はすでに女の子と……？）

エプロン姿でニヤニヤしている漣。昨夜あおいが行きずりの男と一夜をともにしたことに気づいている、とでもいった表情だ。

「あんた、気をつけなよね」

「何が」

「その……女の子といろいろ……間違いを起こさないようにさ」

漣は笑いながらダイニングキッチンへ戻り、慣れた手つきで鍋を火にかける。

「そういうことする時はちゃんと対策してますって。オカンかよ」

「オカンで悪かったわね。心配もするよ。私はあんたたちの母親みたいなものなんだから」

後ろからやってきた楓が、ポンとあおいの肩を叩く。

「ちゃんと模試でA判定もらってくるから。優愛ちゃんのお宅訪問の件、よろしくね〜」

「はいはい、前向きに検討します」

「あーっ、その言い方！」

「姉貴、しじみの味噌汁のむだろ？」

「もちろん」

漣に言われて振り返る。お椀《わん》に注がれた湯気の立つ味噌汁のおいしそうなこと。楓は部屋に戻ったようだ。

「おいしそう〜。漣はやっぱり気が利くわ。何から何までやってくれてありがとう」

「いいよ。のんだ翌朝はしじみの味噌汁って決まってるから、昨日の夜作っておいたんだ」

得意げに胸を反らす弟が頼もしい。立ったままひと口啜《すす》ると、のみすぎて疲れた胃に塩分がしみわたる。

「ああ、おいしい。幸せ〜……」

漣が火を止めてお椀《わん》をもうひとつ取り出す。

「俺もこれから朝飯なんだ」

「じゃあ一緒に食べよっか」

脱いだスーツの上着をダイニングの椅子に掛け、冷蔵庫から作り置きのおかずと漬物のタッパーを取り出した。毎日こんな感じで、あおいはもう十年以上も賑《にぎ》やかな家族の『お母さん』をしている。最近ではふたりが手を離れつつあるのがちょっと寂しい。ふたりの結婚式ではきっと泣いてしまうだろう。


月曜の朝はちょっぴり憂鬱な気持ちで迎えた。外は冷たい雨模様で、玄関脇のコート掛けから、晴雨兼用の紺色のコートを取って羽織《はお》る。

つい先日まではブラウスにカーディガン一枚で過ごせたのに、十一月も下旬となるとさすがに寒さも増してきたようだ。来月はもうクリスマス。バイトや遊びに忙しい漣はともかく、今年は楓と家で過ごすことになりそうだ。

（髪を下ろすのなんて久しぶりだなあ）

狭い玄関でパンプスを履き、壁にかかった鏡で前髪を直す。いつもはゴムでひとつに縛るだけの髪を、今日は下ろしてみたのだ。明るめの栗色をした髪は自毛で、学生時代は『染めているんじゃないか』と先生によく怒られた。くるりとカールしたくせ毛の先を指で弄る。

髪を下ろしたのは、何も特別な心境の変化があったからじゃない。寒くなってきたから、といえばそうだし、同じ髪型に飽きたからともいえる。自分では、ただなんとなくのつもりだけれど、優愛には何か言われるかもしれない。

「うーん……」

（やっぱり結んでいこう）

手首にはめてあったゴムで、いつもどおり緩めに結ぶ。

「漣ー？　行ってくるねー」

ダイニングのドアが勢いよく開いた。弟は今日、午後からの講義らしい。

「行ってらっしゃい。別に帰ってこなくてもちゃんとやっとくから」

ドアから顔だけ出した弟はニヤニヤしている。笑いながらパンチを食らわす手ぶりをして、あおいは外に出た。

フジチョウ建設の最寄り駅から職場までは、普通に歩いて八分で着く。いつもよりのんびり歩いて到着し、ゆっくりと階段を上って資産運用部のある五階に着いた。

きょろきょろとあたりを見回し、目の前にある給湯室へ飛び込む。後ろ手に閉めたドアにもたれかかり、ホッと息をついた。

（よかった……！　ふたりに会わなかった）

ふたり、とはもちろん優愛と美尋のことだ。金曜の夜、あんなふうに蒼也と最後まで残っていたのだから、『あの後どうなったのか』と絶対に聞かれるだろう。適当にサクッとのんで帰ったと言えば済む話だが、嘘をつくのはあまり得意ではない。

「わっ」

その時、急にドアが開いて後ろに倒れそうになった。

「先輩……！　びっくりしたぁ！」

「びっくりはこっちだよ。……って、寄りかかってた私が悪いよね。ごめん」

やってきたのは優愛だ。今日もきれいに巻いた髪に、ほわほわした起毛がかわいらしいピンクのニットを着ている。

優愛が給湯室に入ってきてドアを閉めた。

「私のほうこそごめんなさい。それで、それで？　あのあとどうなったんですかぁ～？　もしかしてお持ち帰りされたとか⁉」

「う……」

茶色のカラコンを入れた目をキラキラと輝かせる優愛に、あおいは尻込みした。赤面しそうな予感がして、急いで背を向けて棚からマグカップを取り出す。

「お、お持ち帰りなんてされるわけないでしょ。コーヒーでいい？」

「お願いします。え〜、でもいい雰囲気だったじゃないですか」

「そんなことないよ。あれからちょっとお酒のんで終電で帰ったけど、連絡先すら交換しなかったし。ほらほら、もう始業時間だから行こう」

ごめん！　と心の中で謝る。でも、連絡先を知らないのは嘘じゃない。蒼也にとっては本当に興味がなかったのだろう。

「咲良ー、どこ行ったー？」

コーヒーを手に給湯室のドアを開けると、課長の岩本《いわもと》が優愛を呼ぶ声が聞こえてきた。

「ヤバッ。課長に呼ばれてるんだった。請求書の金額が違ってたって、めちゃくちゃ怒ってるんですよ」

優愛が廊下に出しかけていた足を引っ込める。

「訂正すればいいんじゃないの？」

「それが、先方に送ったあとで発覚したみたいで……」

「うわ……一緒に怒られようか？　一応営業部の主任だし」

「やったぁ、先輩優しい〜〜」

優愛が甘えた声でしなだれかかってくる。

「咲良」

岩本が急にドアの前に現れたため、優愛が飛び上がった。

「課長……！」

「お前また須崎に甘えようとしてるな？　須崎もダメだぞ。お前が庇ってたらいつまでたってもひとり立ちできないだろ。はい、おいで」

クイクイと厳しい顔つきで手招きされて、優愛が泣きそうな顔で岩本についていく。

「先輩、さっきのことあとでまた教えてくださいね！　約束ですよ〜〜！」

振り返って手を振る優愛を、あおいは苦笑いとともに見送った。この部署で唯一彼女のかわいさにほだされないカタブツの課長は、あおいもあまり得意ではない。でも今は、ちょっと救われた気分だった。

「おはようございます」

挨拶とともに部署へ入ったあおいは、コーヒーをデスクに置いてからロッカーにコートとバッグをかけて戻った。今日は例の地主にパンフレットとプレゼン資料を持っていく日だ。積算部に依頼した概算の見積書ができるまでに数日かかるため、熱が冷めないように顔を繋いでおく必要がある。

地主の山田氏は一般的な商業ビルの線で考えていたようだが、対象の土地が駅から少し離れた幹線道路沿いにあるため、複合商業施設を提案した。土地の広さも容積率も申し分ない。

あおいとしては、スーパーと衣料品店、スポーツジムの三階建てがいいように思う。小さなスペースが残ったら歯医者やリズム教室、塾などを入れてもいいかもしれない。敷地内には芝生の広場を設けて、そこでイベントを開いたりキッチンカーを呼んだりできるといい。きっと家族連れで賑《にぎ》わうことだろう。

(家族連れか……いいなあ)

複雑な家庭に育ったあおいは、家族揃《そろ》ってどこかへ出かけた思い出がほとんどない。唯一記憶に残っているのは、弟と妹が生まれる前に一度だけ連れていってもらった遊園地。

その頃の両親はまだ仲がよく、夏休みの自由研究で賞を取ったご褒美にとねだったのだ。あおいが思春期に近づくにつれて母と父のあいだには喧嘩《けんか》が増えていったけれど、父の様子がおかしくなる前はそれなりに幸せだった。

(あ……)

幸せそうな家族を思い浮かべると、なぜか蒼也の顔が頭に浮かんだ。背が高く体格のいい彼なら、私服も素敵だろう。意外と小さな子を抱いている姿も様になるかも……

「先輩。せーんぱい！」

肩を叩かれてびくりとする。優愛が戻ってきて隣の席に座った。

「おかえり。お説教終わったの？」

「やっと終わりましたよ～～。先輩がボーッとするなんて珍しいですね」

「お疲れ様。ちょっと考えごとしちゃって」

ふふ、と笑ってごまかしつつ、資料の印刷ボタンをクリックする。

あのワンナイトの翌朝から、蒼也のことがたびたび頭にチラついて困っていた。風呂に入っている時も、食器を洗っている時も、通勤のあいだにも。それでも脳内で勝手にリフレインされるのがベッドシーンではなく、楽しく酒をのんだ時のやりとりであることには安心感を覚えていた。

（考えてみれば、あの遊び人がいいお父さんになるはずがないしなあ）

勝手に漏れ出たため息は、何を血迷っているのか、という自分への戒めだ。確認を終えたプレゼン資料の印刷を続けながら、優愛のほうに身体を寄せる。

「ところで課長、大丈夫だった？」

「大丈夫じゃないですよ。課長ったら、めちゃくちゃ言い方キツいんです。さっきだって、私のことをチャラチャラしてサボってばかりいるって……」

「そっかあ、大変な目に遭ったねえ」

すんすんと鼻を啜《すす》り出した優愛に、ポケットから取り出したハンカチを渡す。

「須崎～、優愛ちゃんを泣かすなよ」

「え？　私？」

茶化してきたのは、後ろを通りかかった同期の男性だ。ちょっと傷つきながらも、あおいはヘラヘラと笑った。

「ごめんね、優愛ちゃん。あとでおいしいものご馳走《ちそう》するから。ね？」

「ホントですか～？」

優愛がハンカチの上から上目遣いに見る。

「お前がちゃんと守ってやれよ」

「だよね」

さっきの同期がまだそこにいたらしい。追い打ちで煽《あお》ってくるあたり、さすが同期なだけに遠慮がない。

あおいは優愛の肩に優しく手をかけた。

「今度は私がチェックするから、遠慮なく持ってきて」

「でも、それじゃ先輩の仕事が」

「それくらいの余裕はあるから大丈夫。もっと頼っていいんだよ」

すると、優愛がニコッとかわいらしい笑みを浮かべる。

「わかりました。これからもよろしくお願いします、先輩！」

後輩の朗らかな笑みにほだされて、あおいもついデレデレと頬《ほお》を緩めた。年下の甘えに弱いのは昔から。こんなだから、真面目な課長から時々怒られてしまうのだ。

「さーて。仕事、仕事」

回収したハンカチをポケットにしまい、プリントアウトの作業を再開する。これをホチキスとテープで製本してプレゼンに使うのだ。

本当は自分もこんなふうに守られてみたいが、さすがにこの歳になったら甘えは許されない。なんなら新入社員の頃から『しっかりしてるね』『強いから大丈夫だよね』と言われてきて、庇われたことなんて一度もなかった。

うーん、これが女子力の違いというやつか……

（まーいっか、お仕事頑張るぞ！）

「なるほどね。商業ビルはいくつか持ってるから、こういう複合施設みたいなのも面白そうだなあ」

地主の山田氏はそう言って、革張りのソファに身を預けた。山田氏は還暦を迎えたばかりだというが、髪はフサフサ、小柄だが腹も出ておらず若々しい。

ここは都内某所にある山田邸の応接間である。間口の広い土塀の中央にある門をくぐり、広い庭の奥に位置する立派な建物が、この屋敷の母屋だ。

都内にしては広すぎるくらいの敷地には、趣《おもむき》のある離れや茶室がある。つい先ほどは趣味の陶芸部屋を見せてもらい、本格的な窯《かま》やろくろに驚いたものだ。

この屋敷に来るのは楽しいけれど、同時に緊張もする。あおいはソファの上で脚をぴったりと閉じ、両手を膝の上で重ねて首を垂れた。

「ご興味を持っていただいて嬉しいです」

はは、と山田氏が苦笑いを浮かべて顎をかく。

「いやね、実を言うとほかのビルのテナントが空いちゃって、なかなか決まらないんだよ。この土地もねぇ、遊ばせてるくらいなら何かに利用したいけど、これ以上リスクは負いたくないじゃない」

「それは当然のことです。その点、スーパーは地域に根差した施設ですし、山田様のお土地の周りには現在、競合する大規模な商業施設はありません。こちらのご提案ではサブリース方式で建築費もかかりませんし、毎月決まった額が入金されますのでリスクも少ないと思います」

へえ、と目を輝かせた山田氏が前傾姿勢になる。

「お宅の会社で借り上げてくれるの？」

「当社にはリース専門の部門がございます。こちらの資料をご覧ください」

お茶を横にずらして、持参したプレゼン資料を広げる。タブレットも立ち上げ、あらかじめキープしておいたウェブ上の参考になりそうなサイトも開いた。

「山田様は、事業用定期借地権についてはご存知ですか？」

「ああ、知り合いが公共の土地の上に建てたマンションに住んでるよ」

「その民間版といったところです。オーナー様が所有されている土地を当社のリース部門が借り上げまして……」

サブリースとは、貸主が所有している物件をリース会社が一括で借り上げて、借主に又貸しすることだ。複合施設や大規模な商業ビルはこのタイプが多く、土地を借り上げた会社が建築も管理も行う。

貸主と借主の相対の契約では、空室となった際には家賃が入ってこなくなるが、サブリースであればテナントが空いてもリース会社から毎月一定の家賃が入金される。契約金や建築費が莫大《ばくだい》な額となるため、リース会社は大手不動産会社の子会社であることが多い。

あおいはタブレットの画面を山田氏のほうへ向け、手で指し示した。

「事業用定期借地権は、このように十年から五十年とご希望に合わせて期間を設定することができます」

「それは助かるな。今は時代の移り変わりが速いから、ずっと同じものって飽きられちゃうでしょう？　それに、ゆくゆくは息子に全部任せたいから、長くないのもいい」

あおいは両手を合わせて山田氏に笑みを向けた。

「息子さんが跡を継いでくださるんですか？　それは安心ですね！」

「そうだね。わが息子ながらなかなかいい男に育ったよ」

山田氏はそう言って相好《そうごう》を崩す。

彼の息子は確かあおいと同い歳で、大手企業のサラリーマンをしていたはずだ。あおいが入社三年目で山田氏の担当を引き継いですぐにそこまで聞き出せたことに、先輩が感心していたのを思い出す。

新入社員の頃、個人営業の基本はとにかく話を聞き、情報をできるだけ引き出すことだと教えられた。魅力的な土地を持っている地主には、いくつもの業者が出入りしているものだ。その中であおいはおそらくヒヨッコ中のヒヨッコだろうから、いかに聞いて、話して、顧客の思いの核心に近づけるか。それを目標にしている。

「それでは、概算の見積書ができましたらまたお伺いいたします。週明けにアポイントの電話を入れさせていただきますので」

「ありがとう。今日の資料、よく読んでおくから」

「こちらこそ、お時間を割いていただきありがとうございました」

あおいは玄関先で深く腰を折り、訪問から一時間半ほどで山田邸をあとにした。

門へ向かってゆっくり庭を歩きながら、ほーっとため息をつく。緊張から解放されたのと興奮のせいで、脚が少し震えている。

(でも、手応えはバッチリだな)

契約に結びつくかどうかは別として、ここまで具体的な話ができたのは初めてだ。あおいの提案に山田氏も興味を持ったようだったし、これはもしかすると、もしかするかもしれない。

ニヤニヤ笑いを顔に張りつけて、芝生を踏まないように飛び石の上を慎重に歩く。

そのせいだろう。正面から歩いてくる人に気づかなかったのは。

「ずいぶんと上機嫌だな」

(はい?)

びっくりして足を止め、顔を上げた瞬間にあんぐりと口が開いた。

「あーっ!」

目の前に立っているのは、つい先日酔ったはずみでベッドをともにしたお相手、槙島蒼也だった。

先日とは違うダークカラーのスーツにシルバーのネクタイ、きっちりとセットした黒髪からデキる男の匂いが芬々《ふんぷん》と漂っている。

あおいの態度が面白かったのか、彼はプッと噴き出して口元を押さえた。

「あっ、あっ、ああの……こ、こんにちは」

噛《か》んだ。思い切り噛《か》んだ。でも、カーッと頬《ほお》が熱くなったのは噛《か》んだせいじゃない。

(ちょっ……なんで赤くなんのよ！)

三十歳手前にもなって、たかがセックスした相手に赤面するなんて恥ずかしい。

「君も山田さんのところに来てたんだ。フジチョウ建設の須崎あおいさん」

「は……？　え？　なんで私の会社を知ってるんですか？」

ん？　と蒼也が怪訝《けげん》そうに眉を寄せる。

「この前、君が教えてくれたんだろう」

「私がですか？」

あおいは首を捻ったが一秒後には思い出した。あの日のことを何も覚えていないことを思い出したのだ。

気まずい思いでバッグの中に手を突っ込む。

「先日は失礼しました。お金、お支払いしますので」

「おいおい。こんなところで出すなよ」

蒼也に手を掴まれたあおいは、財布を掴みかけた手を引っ込めた。確かに客先の敷地内でこんなことをするのはいかがなものか。

苦い顔をした蒼也がため息をつく。

「いらないって言ったのに。どうしても気が済まないようだな」

「当たり前です」

「結構。でもおかげでまた会う口実ができたよ」

口元にうっすらと笑みを浮かべつつ、彼はポケットから取り出した名刺の裏に走り書きをする。渡された名刺を見て、あおいは目を丸くした。

「日創地所《にっそうじしょ》!?　蒼也さん、日創地所にお勤めだったんですか？」

「そうだけど。これも話したよな？」

「ええと」

何も覚えていないと言ったらさすがに怒るだろうか。でも、酒の席でのことだし、いくらあおいが酒豪とはいえ、記憶をなくすまで酔っていたら傍目にもそれとわかるはずだ。

一歩距離を詰めてきた蒼也が、訝《いぶか》るように目を細める。

「もしかして覚えてない？　ホテルでのことも？」

「う……」

大柄な彼の胸が目の前に迫り、あおいはうろたえた。女性では背の高い部類に入るあおいでも、彼とは大人と子供くらいの身長差がある。

「お、覚えてますよ。もちろん」

本日二度目の嘘。もちろん蒼也の顔は見られない。

「本当か？」

「ほ、本当……だと思います」

かえって怪しくなってしまった。蒼也はすっかり呆れ顔だ。

「あんなに何度もイッたくせに……」

「え？」

「いや、なんでもない。君の名刺をもらえる？」

「ああ、そうですね。大変失礼いたしました」

急いでスーツのポケットから名刺入れを取り出し、彼の前に両手で差し出す。

「フジチョウ建設の須崎あおいと申します」

「これはどうもご丁寧に……とでも言うと思った？」

「は、はい？」

怒っているのかと思って顔を上げると、男性にしては血色のいい唇が横に広がっている。彼はトントンとあおいが手にしたままの名刺を指先で叩いた。

「やり直し。君の番号が書かれていない」

「ええ……」

そう言われて先ほど渡された名刺の裏を見てみると、携帯電話の番号が書かれている。今どき古風なやり方だ。仕方なくあおいもペンを取り出して、番号を書き足した。

蒼也は受け取った名刺を一瞥《いちべつ》し、素早く胸ポケットにしまい込む。

「今夜会える？　仕事が終わったら連絡するから」

「今夜ですか？　そんな急にはちょっと……」

「お金、返したいんだろう？」

ニヤッと不敵な笑みを浮かべる蒼也に、あおいは一瞬ムッとした。しかし怒りを保ち続けるには、彼の顔はあまりに整いすぎている。気づけば釘付けになっていて、断りの文句ひとつ浮かばない。

まごまごしているうちに蒼也がサッと身を翻《ひるがえ》した。

「このあいだの晩、すごくよかったよ」

(んなっ⁉)

すれ違いざまに耳元で囁《ささや》かれ、勢いよく振り返る。

飛び石の上を颯爽《さっそう》と歩く蒼也が、前を向いたままひらひらと手を振った。そんな気障《きざ》な仕草はドラマでしか見たことがなかったが、彼がやると様になるのが癪《しゃく》に障る。

その後ろ姿にしばらく見とれるあおいだったが、ハッと気づいて慌てて踵《きびす》を返した。

彼が振り返りでもしたら大変だ。パンプスの踵《かかと》を強く鳴らしながら門へ向かう。

「『よかったよ』とか、普通言う……？」

ブツブツと小声で呟《つぶや》き、最後にもう一度振り返ったが、蒼也の姿はもう見えなかった。

門の外に出たところで、土塀にもたれて片手で目元を覆う。

(私、あのイケメンにショーツまで畳まれちゃったんだ……)

そこかーい！　と心の中でツッコみつつ、魂まで抜けそうなため息をつく。

蒼也に再会したことで、泣きたくなるほどの羞恥心が今さらのように押し寄せてきた。ワンナイトの相手がライバル会社の人だったなんて、どんな冗談だろう。会社もすぐ近くだし、これからも営業先で出くわすたびに後ろめたい気持ちになりそうだ。

でも、こうしていても仕方がないと、あおいは気を取り直して駅に向かって歩きはじめた。

（それにしても、どうして私だけが何も覚えてないかなあ）

これからテキーラには気をつけよう。そして気をつけることがもうひとつある。

もし蒼也に誘われても、絶対にのみすぎないこと。

あの晩のみ比べをした時の彼は、絶対に手加減していたに違いないからだ。

会社に戻ったあおいは、やるべき業務を淡々とこなし続けた。山田氏から聞いた既存の物件の不満点や資産運用上の悩み、家族の考えを顧客リストに書き込んだり、別の顧客の参考になりそうな資料を集めたりして。ちょっとでも気を抜くと蒼也の顔が頭にチラつくため、頭と手を忙しく動かす。

現在あおいが追っている熱い客は、山田氏のほかにふたりいる。

「えーと、佐久間《さくま》さんの案件が今週中にプラン変更した見積りを再提出でしょう？　それと、上川《かみかわ》さんが月末にクロージング予定と……」

スマホのスケジュールアプリを開き、ほかに進行中の客との予定をすり合わせる。この先も日中は外出で忙しく、残業が続くだろう。

あおいもたまにはやる気をなくす時期があるが、それはずっとターボを利かせた状態で働き続けた時だ。ノルマは来月も再来月も、ずっと続く。がむしゃらになりすぎるとある日突然電池が切れるため、残業が続いたあとは定時上がりの日を二日続けて取るようにしている。これは営業の先輩が教えてくれたことだ。

そこでふと、蒼也のことが頭に浮かんだ。日創地所といえば、業界トップをひた走る不動産デベロッパーだ。いわゆる財閥系で、グループにはゼネコンや仲介、管理会社などあらゆる不動産関連の企業をもっている。ほかにも銀行、保険会社、商社や百貨店、製薬に食品メーカーと、関連企業を挙げたらきりがない。

机に頬杖《ほおづえ》をつき、蒼也からもらった名刺を眺めた。

（日創地所か……すごいところの部長さんなんだなあ）

日創地所はここから駅に向かう途中の道沿いにあるが、あおいがたっぷり残業して帰った日でも、いつも明かりがついている。きっと抱えている案件の数もノルマも段違いなのだろう。日創地所は不動産開発に特化した会社なのに、いろいろな部門を抱えるフジチョウ建設の五倍も売り上げがある。

「せ～んぱい」

「ひゃあっ！」

唐突に後ろから肩を叩かれて、椅子から飛び上がるほど驚いた。声をかけてきたのは優愛だ。蒼也の名刺を急いで書類の下に隠す。

「もう、どうしたんですか？　そんなに驚いて」

「なんでもないよ。ちょっとボーッとしてただけ」

「だったら一緒に帰りましょうよ」

優愛はリップでツヤツヤと光る唇を尖《とが》らせた。壁にかけられた時計に目をやると、いつの間にか午後七時半を回っている。あおいは顔の前で両手を合わせた。

「ごめん！　今日中にやっておきたいことがあるから、また今度ね」

優愛の滑らかそうな頬《ほお》が、ぷうっと膨らんだ。

「え～、蒼也さんとのこと話したかったのにぃ。先輩、あんまり無理しちゃダメですよ」

「ありがとう。お疲れ様」

「お疲れ様でしたぁ」

巻き髪を揺らしながら優愛が行ってしまうと、あおいはフーッと息を吐いた。気づけばフロアの半分ほどがすでに退社している。あおいも帰れなくはないのだが、今日はなんとなく仕事をしたい気分だ。

スマホのメッセージアプリを開く。

〈ごめん。残業で遅くなるから冷蔵庫にあるもので食べて〉

すぐに既読がつき、弟の漣から『了解！』と書かれたスタンプが送られてきた。

普段から残業が多い仕事のため、冷蔵庫にはいろいろと作り置きを常備してあるのだ。味噌汁くらいなら漣が作ってくれるから助かる。

安心して仕事に戻ると、ほどなくしてスマホが鳴った。画面に表示されたのは登録していない番号だ。蒼也の名刺を裏返してみると、同じ番号が男性的な筆致で書かれている。

少しドキドキしながら通話ボタンをタップした。

「須崎です。お疲れ様です」

――お疲れ様。昼間はどうも。まだ会社にいる？

「おりますが……今日は忙しいのでちょっと難しそうです」

――相変わらず手厳しいな。

スマホの向こうでクスクスと笑う声。あおいは目元を手で押さえた。悔しいことに声までいい。

――じゃ、終わったら電話してよ。待ってるから。

（いやいやいや）

通話口を覆って声を落とす。

「待たれても困りますって……！　遅くなったらご迷惑をかけますし」

――俺もやることたくさんあるから問題ない。じゃ、あとで。

「えっ、ちょっ――あれ？」

それまで聞こえていた周囲の雑音が消えてスマホを見る。画面には『通話終了』の文字が。

（強引だなー……）

机の上にスマホを置き、頭の後ろで手を組んで椅子の背もたれに寄りかかった。

地味が服を着て歩いているようなあおいでも、この年齢になるまでにはそれなりに出会いもあった。学生時代に初めて彼氏と呼べる人ができてから、これまでに正式に付き合った男性はふたり。

合コンや友人の紹介で知り合った人もいたけれど、あんなに見た目がよく、こんなにぐいぐい迫ってくる人は初めてだ。

（でも、なんで私に構うんだろう）

はじめて彼と会った日には優愛もいたし、三人の中ではあおいが一番年上だった。かわいい盛りは通り越していると自覚もしている。そもそも、蒼也みたいな男が女に困っているはずがないのだ。

（もしかして、一番ヤれそうに見えたのかな）

仮にそうだったとしても、彼ほどの男なら抱かれたい相手などほかにいくらでもいるだろう。からかわれてる？　そんなに暇とは思えないが。

自分で決めたところまではやってしまおう、と資料を探しつつデータやプランシートを作成する。

カチャカチャとパソコンのキーを叩く音だけがフロアに響いた。ひとり、またひとりとフロアから人が消え、気づけばひとりきり。明かりもだいぶ落とされていて少し不安になる。

壁にかけられた時計の針は九時四十五分を差していた。ピタッと止めた両手を膝の上に置く。

考えてみたら、別に今日やらなくてもいい仕事ばかりだ。月曜からこんなに頑張る必要なんてないのに、何をこんなにムキになっているのだろう。

「帰るか……」

急にやる気がなくなって帰り支度を始めた。空腹に耐えかねたというのもある。

フロアの戸締りをして裏口からビルの外に出た。今夜は風が冷たくて、そろそろ冬のコートを出さなければ、と考える。

トレンチコートの前を握りしめながら表通りへ向かうと、歩道の街路樹の脇に大柄な男が立っているのが見えた。人目を惹《ひ》く端正な顔立ちが、スマホの光に照らされて青白く光っている。

（あれはまさか……）

電話をもらってから二時間以上は経《た》っているから、とっくに帰ったと思っていた。しかし近づいてみればみるほど、蒼也にしか見えない。

「あのー……？」

あおいの声に気づいたのか、男が顔を上げた。やはり蒼也だ。まさか本当に待っていたなんて。

「お疲れ様」

蒼也がスマホをコートのポケットにしまって顔を綻ばせた。あおいは前髪を気にしながら彼に近づく。

「お疲れ様です。もしかしてずっと待ってたんですか？」

「そんな暇人に見える？」

「暇だなんて……だって、こんなにタイミングよく来られるなんてエスパーじゃないですか」

クスッと彼が笑った瞬間、白い歯が零《こぼ》れた。女殺しの笑顔――そんな言葉が脳裏に浮かぶ。

「そういうことにしておこう。行ける？」

「ま、まあ……」

待ち伏せされていたのでは仕方がない。

大きな手を差し出されて、あおいは渋々ながら握った。すっかり冷たくなった彼の手が、やはり長いことここに立っていたのだと知らせてくる。

（嘘ばっかり）

思わず頬《ほお》が緩んでしまい、パンプスの爪先を見た。さすがに二時間ずっと待っていたなんてことはないだろう。それでも彼みたいな男が、脈なしの地味な女のために自分の時間を使うことが信じられない。

「行きたいところがあるんだ。ここからすぐだから」

道路脇で蒼也が手を挙げてタクシーを拾った。後部座席に並んで座り、言葉通り五分ほど走ったところで降りる。

（え？　ここって……）

蒼也が支払いを済ませているあいだ、あおいは幹線道路沿いにそびえたつ高い建物を首が痛くなるほど見上げた。ざっと数えて二十階以上。ガラスとスチールでできた壁面には同じ大きさの窓がずらりと並んでいる。

ここはまさか——

「ホ、ホテル⁉」

「……の中のルーフトップバーから見える夜景がきれいなんだ」

背後から蒼也が声をかけてきた。

（なんだ……）

ホッとした途端に自分がバカみたいに思えてくる。別に期待していたわけじゃない。なんせ彼と過ごした夜のことを、これっぽっちも覚えていないのだから。

あおいの手が大きな手に包まれた。今度はちゃんとあたたかい。

「もしかして来たことある？」

「ないない、ないですよ！　……ていうか、こんなお高そうなところ、私には払えませんよ？」

顔の前で激しく手を振るあおいが面白かったのか、蒼也の口元が綻んだ。

「もちろんおごるよ。俺が強引に誘ったんだから」

「強引だって自覚してるんですね」

「そりゃあね。困ってるのに無理言って悪かった」

「う……お誘いありがとうございます」

そう素直に謝られると調子が狂ってしまう。ちょっと態度に出しすぎたかもしれない。

「まあ社会勉強だと思って付き合ってよ。話のタネにはなるだろう？」

「おごってくれるなら文句はありません」

手を引かれるまま、ホテルにしては控えめなドアをくぐった。

ホテルといえば一般的にはきらびやかなエントランスを想像するが、ロビーは無機質で落ち着いたつくりだ。広い空間と二階まで吹き抜けた高い天井。ところどころ下がり天井になっており、照明はやや暗い。壁はアイボリーと黒を基調としたタイル張りで、床には濃いグレーの絨毯《じゅうたん》が敷き詰められている。

外観からして変わったつくりだったが、内装も普通のホテルとはかなり違う。壁の一部に組み込まれたタイルは幾何学模様と言えなくもないデザインの鋳物《いもの》で、どこか近未来的だ。よく見ると照明も不思議な形をしている。

「独創的な感じのホテルですね」

エレベーターホールへ向かいつつ、あおいは言った。

うん、と蒼也がこちらを見る。

「吉岡一成《よしおかいっせい》がデザインしたホテルだ。一度見てみたくてね」

「おー……吉岡一成ですか。最近よく聞きますね」

「そうだな。うちの会社とも取引があるんだけど、まだ若い人だよ」

「へえ」

あおい自身も勉強のために、名だたる建築士がデザインした物件を見て回ることがある。大規模商業施設、庁舎、美術館、複合施設……しかし、ホテルなどは敷居が高くてひとりでは入りにくいものだ。

(そういうところには蒼也さんと行ったらいいのでは？　いやいや、商売敵だしなあ)

じーっと不思議なデザインのタイルを眺めていると手を引かれた。エレベーターが到着したらしい。

無機質な金属製の箱に乗り込み、蒼也が行き先階のボタンを押した。狭い密室にふたりきりでドキドキする。蒼也が意地悪そうな笑みを浮かべてこちらを見た。

「仕事熱心だな」

「蒼也さんだって、気になってた物件をプライベートで見に来るなんて、仕事熱心を通り越してるじゃないですか」

「それもそうだな」

ニコッと笑みを浮かべた彼に、頭をポンポンとされてドキッとした。育った家庭に余裕がなく、長女だったせいもあってか、あまり頭を撫《な》でられた記憶がなかったのだ。

なんとなく居心地が悪くなり、早く目的の階につかないかとソワソワした。蒼也がまた手を繋いできたから余計に焦《あせ》ってしまう。

ようやくエレベーターが停まった時にはホッとした。ドアが開き、ふかふかの絨毯《じゅうたん》に足を下ろした途端、あおいは目を輝かせる。

「わあ、すごい……！」

目の前に広がるのは大きなガラス一面に広がる都心の夜景だった。まるで宝石箱をひっくり返したかのように、色とりどりの光を放っている。

「さすが最上階だな」

「ですねえ」

感心した様子の蒼也に、あおいは言葉少なに返した。視線は見事なまでの夜景に囚われたまま。

このフロアにあるのはバーのみらしく、エレベーターを降りた瞬間にこの感動が味わえるよう設計したのか、エレベーターホールとの仕切りすらない。

暗いバーの奥へ進んでいくと黒服を着た男性店員がやってきた。

「テラスを予約した槙島です」

「お待ちしておりました。こちらへどうぞ」

静かにそう言って踵《きびす》を返した店員の後ろをついていく。

「テラス席なんですか？」

「そうだよ。興味あるだろう？」

あおいは泣きそうに顔を歪《ゆが》めて何度も頷《うなず》いた。

「もちろんです！　はぁ……テラス席で夜景を眺めながらお酒がのめるなんてサイコー！」

隣で蒼也が笑い声を立てる。

「この辺で働いてても、社内に閉じ込められてるか外回りのどっちかだもんな」

「それそれ。泥臭い仕事です」

店員に案内されたのは、解放感たっぷりの広いテラスの最前列にあるボックス席だった。ビルの外に向かって据えられたソファは半円状で、個室感が強い。テーブルにはろうそくの明かりを模したライトがあるだけで、夜景の邪魔にはならない。

「寒くない？」

並んで座った蒼也が尋ねてくる。十一月下旬のテラス席といったら相当寒いと覚悟していたが、足元にはヒーターがあり、電気毛布も貸してもらえたからそれほど寒くはない。

「大丈夫です。蒼也さんは？」

「俺も寒くないよ。こんな景色の中で酒をのめるんだから、寒さなんて関係ない」

「私もそれ思ってました……！」

あはは、とあおいが笑うと、蒼也も笑った。ここへ来るまでは警戒していたが、やはり来てよかった。社会勉強、と彼は言ったけれど、勉強抜きにしてもこの景色は一見の価値がある。

経済的な理由その他もろもろから、シティホテルにはあまり行ったことがない。けれど、このホテルも先日のホテルも、かなり高級な部類だということはあおいにもわかる。さすがは日創地所の営業部長。出会ったのは庶民的な居酒屋だったけれど、こういう時は高級な店を利用するようだ。

頼んだ酒が運ばれてきた。あおいはホットモヒート、蒼也はウイスキーのロックだ。静かに乾杯をしてグラスを傾《かたむ》ける。ライムの爽やかな酸味とミントのスーッとした香りが堪《たま》らない。まばゆいほどに瞬《またた》く地上の星に目を馳《は》せる。

「ん……おいしい」

「カクテルものむんだな」

「たまにです。今日はテラスだから、あったかいのもいいかと思って」

「俺も熱燗《あつかん》にすればよかった」

蒼也はウイスキーをひと口啜《すす》って眉を寄せた。

「日本酒は雰囲気的にどうなんでしょう」

「置いてあるんだからいいんじゃないか？」

「なるほど。じゃあ次は私も日本酒にします」

食事が運ばれてきたついでに酒を頼み、次々にのんでは食べた。電車の時間が気になるせいか、ふたりともペースが速い。

酒も食事もおいしく感じるのは、この雰囲気のせいだけではないようだ。運ばれてくるものはどれもこれも味がよく、盛りつけもおしゃれ。ホテルの最上階にあるバーならでは、といったところだろうか。

「都心の夜景に、かんぱーい！」

五杯目のウォッカマティーニを手にして、あおいは蒼也のホットビールに軽くグラスをつけた。くーっとあおると、喉を駆け下りるピリッとした辛みとジンの香りにうっとりする。

「楽しそうだな。もう酔ってる？」

「全然。そう見えます？」

ニヤッと蒼也が口の端を上げた。

「いいや。楽しそうでいいよ」

「はあ～、幸せ。お酒ってホントおいしいですね」

にこにこと目を細めつつ、ピックに刺さったオリーブを口に放り込む。蒼也がじっと見つめていることに気づいて顔を向けた。

「なんですか？」

「いや。仕事の時と全然違うなって」

頬杖《ほおづえ》をした彼の唇が横に広がる。芸能人みたいに歯が白い。

あおいは眉を上げた。

「仕事の時もこんなだったらおかしいでしょ」

「まあそうだな」

そう言って目を逸らす蒼也を見つめる。なんだかちょっと様子が変だ。彼のほうこそ酔ってるんじゃないだろうか。

テラスを囲む手すりの壁沿いにはカップルがちらほらいて、夜景を見下ろしている。

「蒼也さん、ちょっと夜景を見ませんか？」

グラスを左手に、右手で彼の手を取って立ち上がる。

胸の高さほどの壁から顔を出すと、ビルの明かりだけでなく絶え間なく行き交う車のライトまで見えた。壁はガラスでできているためボックス席からも夜景が楽しめる。けれど、どこまでも続く光を遥か高みから見渡すと、また格別だった。

「最近は空気が澄んできたから余計にすごいなあ」

「ほんと」

感心する蒼也にあおいも同調する。

「この中に蒼也さんが建てたビルってあります？」

「あるよ」

「おお……どれですか？」

彼は地上を見下ろして首を横に振った。

「ここからじゃほかのビルの陰になって見えないな。君のは？」

「えっ。私ですか？」

あおいは目を丸くする。

そんなものあるわけがない。フジチョウ建設は日創地所みたいに大きな会社ではないし、それにこういった都心の大規模なビルは、会社の役職者クラスが担当しているものだ。

「私のもここからじゃ見えませんね……」

適当にごまかすと、クックッと隣で笑いを堪《こら》える声がする。あおいは一瞬ムッとしかけたが、蒼也の涼やかな目元が柔らかく弧を描いているのを見ると口元が綻んだ。彼が楽しそうにしているのを見たら、なぜか許せてしまったのだ。

「俺のも数えるくらいしかないから気にするな」

「もう、意地悪」

「はい、仕事の話は終わり」

ふいに肩を抱かれて、あおいの心臓はドキンと跳ねた。

肩に触れる大きなぬくもりが心地いい。頭のてっぺんをくすぐるあたたかな吐息。スーツの胸元から漂ってくるいい匂いに、胸の中にさざ波が立つ。

(う、うわー……この男、モテ指数が高すぎる……！)

あまりに急なことにドギマギしていると、一層強く抱き寄せられた。

ドキドキドキドキドキ……これからどんな展開が訪れるのか期待と不安で鼓動がうるさい。

「この前のこと、本当に何も覚えてないの？」

（来た……！）

あおいはウォッカマティーニのグラスに口をつけた。

「お、覚えてますよ」

「どこまで？」

「えーっと……バーでテキーラをのんで――」

「うん」

「起きたら朝でした」

「マジか」

がっくりと蒼也がうなだれ、あおいの肩を抱く手がわずかに緩んだ。嘘も方便だというのに、馬鹿正直に答えてしまう自分が憎い。垂れた前髪の向こうから、蒼也がちらりとねめつけてくる。

「何も覚えてないも同然だな」

「それは素直に謝りますごめんなさい」

早口で言ってまたグラスをあおる。カクテルグラスの中身はもうカラだ。

「悔しい……思い出させたい」

「えっ」

蒼也が身体をこちらに向けると、密着するほど距離が近づいた。大きくてあたたかな手があおいの頬《ほお》を包む。

「君とは話も合うし、もっと知りたいと思ってる。これからもたびたび誘いたい。ダメ？」

強い眼差しにまっすぐ見つめられ、胸の奥が激しく音を立てた。男らしく端正な顔が目と鼻の距離にあって、とても平常心を保てない。

「い、いやぁ……」

あおいは思わず目を逸らした。こんなイケメンに言い寄られるなんてありえない。きっと新しい女性に出会うたびに同じことを言っているのだろう。

「私、社畜なので無理だと思いますよ」

必死に平静を装ってそう言った。心臓はバクバク、手にも脇にも変な汗をかいているのに。

「じゃ、身体だけの関係でも」

(んんッ⁉)

「かっ、身体だけ?」

「そう、セックスするだけの関係。互いの恋愛に干渉もなしの大人の間柄だ」

そう言ってにやりと浮かべる不敵な笑みの魅力的なこと。すぐに答えたところをみると、あらかじめ断られた場合の第二案を用意していたのだろう。

「そっ……そういうのってどうなんでしょう。なんていうか……不埒《ふらち》すぎるというか、よっ、欲望に忠実すぎるというか……」

もごもごと返すと、蒼也はあおいの耳に息が触れるほど顔を近づけてきた。

「じゃあこうしよう。君が俺のキスに満足したら、どう?」

あおいは顔を上げ、蠱惑《こわく》的な表情で自分を見下ろしている蒼也を見た。口角がキュッと上がった唇はふっくらと張りがあり、すべすべと柔らかそうだ。

あの晩、ベッドの上で交わされただろうキスがどんなものだったのか、興味がないと言ったら嘘になる。しかし、知るのが怖い気もした。遊んでいそうな彼が下手なはずがないからだ。

あおいは決して経験豊富なほうではない。キスはデートを何度か重ねてから。自分が相手にとって唯一の存在であると確信してからでないと、身体の関係には踏み切れなかった。

セックスフレンドなんて、遊んでいる人たちの不道徳な関係だ。自分には一生縁がない。

そう、思っていたのに。

胸のざわめきに耐えかねて一度目を閉じ、深く息を吐く。

恋を諦めたのは、四年前に別れた恋人とうまくいかなかったことで自分には不向きだと悟ったからだ。

加えて妹の楓は来年から大学生。四年間の学費に加え、交通費や交際費、食費などを稼ぐため、まだまだがむしゃらに働かなければならない。晴れてお役御免となる頃には三十代半ばで、女ざかりはとっくに過ぎている。

だから、この先も結婚を考えることはない。ならば恋をする必要もないというのがこれまでのあおいの考えだった。

『だったら、セックスも一生しない？』

唐突な自分自身からの問いかけに、あおいは心臓が凍る気がした。

(そんなこと、想像できないよ)

女にだって性欲はある。恋から遠ざかっていたあいだも、素肌のぬくもりを感じたいと思ったことは一度や二度ではない。

そんな寂しさを埋めるために、人はこういう遊びを覚えるのかもしれない。

「いいですよ……手加減なしで」

気づけばそう答えていた。言ってしまってから後悔の気持ちが押し寄せたが、あいにくおちゃらけて撤回できるような雰囲気でもない。

「了解」

耳元で囁《ささや》く低い声が、迷う気持ちを粉々に打ち砕いた。手を引かれてソファに座り、冷えてしまった身体をブランケットで包《くる》まれる。

ドキドキと心臓の音が激しい。胸が苦しい。手が震えていないだろうか。顔がこわばっていないだろうか。鼓動が聞こえてしまわないだろうか。

後ろでひとつに結んだあおいの髪を、蒼也がほどいた。

「ちゃんとこっち見て」

戸惑いながら顔を上げると、挑むような三白眼に捉えられた。頬《ほお》に触れる彼の手は豆だらけでちょっと痛い。

瞼《まぶた》を閉じた直後、あたたかなものがそっと唇に触れた。ちゅ……と軽く吸い立ててすぐに離れ、上の唇、今度は下の唇、とついばむような口づけが落ちてくる。

彼の唇はふっくらと柔らかく、適度に潤《うるお》いがあった。あおいと違ってまったく緊張していないのか、慣れた動きでゆっくりと唇を滑らせる。

ついばむような優しいキスは天にも昇るほどの心地よさだった。そっと食《は》んでは離れ、軽く吸っては離れて。反応を確かめつつ味わわれているようで、胸の奥がムズムズする。

つい唇を開いてしまったのは、焦《じ》らすような動きに誘われたのだろう。けれど、彼はすぐには舌を入れてこない。舌先でゆっくりと唇の内側をくすぐられ、思わず吐息が漏れる。

「ふ……っ」

腰をぞくりと震えが襲い、堪《たま》らずスーツの襟を掴んだ。さっきのんだアルコールの匂いが絡み合う。頬《ほお》にあった大きな手が顎にかかり、喉を撫《な》で、首筋をなぞられると身体の奥が熱くなる。

(私、まだこんなにドキドキできるんだ)

胸が痛くなるほどのときめきに戸惑いを覚えた。自分にもまだそういう気持ちが残っていたらしい、と改めて気づかされる。

差し入れられた舌がひそやかに口内を舐《ねぶ》った。もう周りに人がいるとか、キスの相手が恋人じゃないということは気にならなかった。ただ夢中で彼の胸にすがり、唇と舌の動きに合わせるだけ。

『好きになってしまうかもしれない』

バラ色に染まった頭の隅で警告音が鳴り響いていた。引き返すなら今だ。けれど、甘美な誘惑に囚われているせいで口づけを止めることができない。

「いい顔」

唇を離した直後にそう言われ、ハッと目を開けた。妖しく細められた蒼也の目に捉えられ、慌てて背を向ける。

「で、どうだった？」

背後で氷の入ったグラスがカランと音を立てた。

（ちょ……なにこれ、なにこれ……！）

カーッと熱くなった頬《ほお》を両手で押さえた。まだ胸の鼓動が収まらない。いくら久しぶりとはいえ、キスなんてどうってことないと思っていたのに。

蒼也との口づけは、過去に経験したキスとはまったく違った。ただ欲望をぶつけるだけでなく、甘く、切なく、何かを語りかけてくるかのような、もっと深く知りたいと思ってしまうような口づけだった。

（こんなの、下手だったなんて言えるわけないよ……）

ひとつ深呼吸してから、蒼也のほうへ身体を向ける。

「素敵でした」

ちょっと悔しくて声が低くなった。満足そうに弧を描く目を上目遣いに見る。

「あの……本当に身体の関係だけですか？」

「君が俺と付き合ってくれるなら、なお嬉しいけど」

濡《ぬ》れた彼の唇の端が上がる。

あおいはテーブルの上のレモン水をひと口のんでから口を開いた。

「わかりました。……では、約束通り身体だけの関係で」

「君ならそう言うと思った」

蒼也が笑いながらテーブルに何かを置いた。それがこのホテルのカードキーだと気づいた瞬間、あおいは目を見張った。

「もう終電ないだろう？」

「えっ？」

腕時計を見ると時刻は午前〇時三十分。終電まであと五分あるが、今からエレベーターを降りて駅まで走るのは現実的ではない。

素早く見回したところ、周りの席はまだ半分以埋まっている。まさか月曜から夜通し遊ぶ人なんていないだろうと油断していたのが運の尽きだった。

「部屋に行こうか」

立ち上がった蒼也が、大人の男の魅力を凝縮したような顔で手を差し伸べてくる。彼の手を震える手で握ったあおいの心臓は、ドキドキと狂おしいリズムを刻んでいた。


（うう……どうしてこんなことになっちゃったかなあ）

ベッドに横たわったあおいは、シーツを鼻まで引っ張り上げて固く両目を閉じた。遠くから、蒼也が浴びるシャワーの音が聞こえてくる。彼に勧められて先にシャワーを済ませたものの、洗い残しはないかと気が気でない。

とりあえず弟には『先に寝て』とメッセージを入れた。返信は見ていない。細かい言い訳もあとだ。今はとてもそんなことを考えている余裕はない。

シーツから目だけを出してきょろきょろと室内を見回したところ、明らかに普通のダブルルームとは違った。バーがあったのが最上階で、ここはすぐ下の階にある部屋だ。広い室内にはダブルベッドのほかにテーブルと大きなソファがあり、壁際に書斎にでもありそうな重厚な机が置かれている。バーカウンターらしきものもある。一般企業の部長職がふらっと泊まれるような部屋には見えない。

(槙島蒼也……いったい何者?)

名刺を受け取ったから肩書は嘘ではないだろう。だいいち嘘をつく理由がない。

それにしても、いつの間に部屋のカードキーを受け取ったのか。受付は通らなかったし、ホテルの従業員とも接触していないはず。

「あ」

バーに入った直後、彼が店員から何かを受け取っていたのを思い出した。おそらくあの時だ。

事前に連絡を受けたホテル側が、バーでカードキーを受け取れるようにしていたに違いない。

シャワーの音が止まり、あおいはビクッと身体を揺らした。ドキドキドキドキ……いよいよだ。

気持ちよく酔っぱらっていたらこんなに緊張することもなかっただろうに、今日に限ってほとんど素面《しらふ》だった。

「お待たせ」

脱衣室から現れた蒼也を目にした途端、あおいの心拍は最高潮に達した。お揃《そろ》いの白いローブを纏った彼は、洗いざらしの髪が額にかかって少年みたいに見える。それを手櫛《てぐし》でかき上げる色っぽさといったら……！

背を向けてベッドに腰かけた蒼也は、黒のビジネスバッグを開けて何やらゴソゴソと探っている。

「ひっ、避妊……しますよね」

声が上ずった。顔だけをこちらに向けた彼がクスッと笑う。

「当たり前だ。それはマナー以前の問題」

ホッとするあおいの頬《ほお》に、蒼也は連なったパッケージを掴んだままキスを落とす。そういえば一夜をともにした朝、ゴミ箱に避妊具の残骸を見つけたのだった。さすが、遊び慣れた男にぬかりはない。

蒼也がシーツをまくってベッドに入ってきた。あたたまった空気と入れ替わりに冷えた空気が肌を撫《な》でる。なんとなく彼のほうを見られない。

「もしかして緊張してる？」

「も、もちろんですよ。よく知らない人だし、ライバル会社の人だし」

「服を脱いだら、ただの男と女だろ」

蒼也がバスローブの紐《ひも》をほどいた。素肌が露わになった瞬間、盛り上がった大胸筋と引き締まった腹部に目を奪われる。

（ひゃ〜〜〜）

これまでスーツを着ていたからわからなかったけれど、どう見ても鍛えている身体つきだ。

胸だけでなく肩も腕も逞《たくま》しく、二の腕から手の甲にかけて浮き出た太い血管がやけに色っぽい。

すっかり目を奪われたあおいは、ポーッと見とれるままに視線を下腹部へ下ろした。そして、きれいに割れた腹筋の下にそそり立つものを目にした途端、急いで顔を背ける。

(い、今の何⁉)

「どうかした？」

「い、いえ、なんでも」

(いやいや、『なんでも』じゃないよ。ちょっと大きすぎるでしょ……！)

鍛え上げた肉体に、雄々しくそそり立つ立派なモノ。何もかもが規格外でくらくらしてくる。

もう一度ちらりと見たところ、やはり一般的な男性についているものよりずいぶん大きかった。

一瞬不安がよぎったが、つい数日前は三回もこれを受け入れたのだ。きっと大丈夫。……たぶん。

蒼也はバスローブを床に投げてから、手を伸ばして調光ライトの明かりを絞った。

そしてあおいに覆いかぶさってくる。まだ乾ききっていない素肌の感触が艶めかしい。

「こっちを見て」

低い声で囁《ささや》かれ、あおいは視線を向けた。男らしく端正な面立ちがじっと自分を見下ろしている。

間接照明だけのわずかな明かりの中、三白眼の強い眼差しがあおいを射貫《いぬ》く。

心臓が今にも弾けそうだ。こんなにドキドキするのは久しぶりで、今はときめきを緊張が凌駕《りょうが》している。

「力抜けよ」

蒼也の唇がフッと緩んだ。

あおいは静かに深呼吸をした。両腕がゆっくりと頭の上に上げられ、ひとまとめにしてシーツに縫い留められる。

「んッ……」

柔らかな口づけが、首筋、鎖骨、二の腕と次々に落ちた。洗いざらしの髪が、あおいの頬《ほお》に、腕に触れる。彼はキスで移動する合間に、愛撫《あいぶ》するかのように鼻先でするすると肌をなぞり、吐息で撫《な》でてくる。

「ふ……、う、ン」

くすぐったくて、じれったくて、腰がもじもじ動いてしまう。過去に恋人だった人の誰からもこんなふうにされたことがない。彼に抱かれた女は皆、自分が大切にされていると勘違いしてしまうのではないだろうか。

唇が脇をかすめた瞬間、ビクッと身体が揺れた。乳房が大きな手に押し包まれると、う、う、と声が漏れてしまう。

蒼也がクスクスと笑った拍子に、乳房の先端に息が触れた。

「力を抜けって」

「だって」

「酒が足りなかったか？　バケツでテキーラを用意させようか」

「もう……ふぁッ！」

乳房を押し包んだ大きな手が、頂を潰した。キュッと摘まんだり、転がしたり。かと思えば、今度はピンと指先で弾く。甘い痺《しび》れが下腹部へ伝わり、秘めやかな場所がキュンキュンと疼《うず》く。

「は……あっ、ふ……ッ」

あおいはますます腰を揺らした。久しぶりの愛撫《あいぶ》はとても心地よく、敏感に刺激を拾いすぎる。

「いい顔になってきたな」

「うう……」

低く艶めかしい声に誘われ、うっすらと目を開けて蒼也を見た。

きりりとした眉をわずかに寄せ、欲望に満ちた眼差しがこちらをまっすぐに捉えている。白い歯のあいだから舌が覗くのを目にした途端、脚のあいだから蜜が零《こぼ》れるのがわかった。蒼也があおいを求めているのと同じように、あおいも蒼也を求めているのだ。

急に堪《たま》らなくなって、あおいは蒼也の手を振りほどいて彼のうなじを引き寄せた。舌を突き出して彼の唇を舐《な》めると、向こうからも舌を絡ませてくる。ちゅくっ、ちゅく、と淫らな音が鳴り響いた。舌を絡ませあい、しごき、優しく噛《か》む。ふたりの息遣いが荒くなってくる。深い欲望をかき立てられ、秘密の泉がヒクヒクとわななくのがわかった。

「エッロ……もう入れたい」

蒼也が笑いながら呟《つぶや》く。その呼吸が荒くなっていることになぜか喜びを感じた。とろりとした眼差しも、今だけはあおいひとりのものだ。

硬く濡《ぬ》れたものが下腹部を突いてきたが、それにはまだ早い。

「ダメ……まだお預けですよ」

「わかってる」

彼は楽しそうに言って、脇に零《こぼ》れた乳房の膨らみに口づけをした。大きな手でバストをすくい、中心の尖《とが》りを口に含む。

「は……っ、あ、ンっ」

ちゅっ、ちゅっと唇で蕾《つぼみ》をしごかれて、あおいは腰をくねらせた。甘酸っぱい刺激がなんとも心地いい。もう一方の乳房もやわやわと揉《も》みしだき、指先で先端を弾いてくるので堪《たま》らない。

ショーツの中がぐっしょりと濡《ぬ》れているのが自分でもわかった。そこはすでに腫れぼったく、熱をもって彼の到来を待ち望んでいる。

早くそこに触れてほしい。口づけてほしい。優しくいたぶってほしい。

そんな思いからか、無意識に蒼也の腰に脚をかけていた。熱い切っ先がクロッチの脇を撫《な》で、今にも入り込んでこようとしている。

あおいが腰を引くと、蒼也はクスクス笑った。

「君も早く欲しいくせに」

「まだですよ」

「はいはい」

蒼也があおいの左の膝を立てた。今度は反対側の乳房の頂を口に含みつつ、クロッチの脇から差し入れた指で潤《うる》んだ秘裂を撫《な》でる。

「あんッ……！」

急に訪れた強い刺激に、びくんと身体が跳ねた。指がするすると上下に往復する。花弁の外側、内側、女の身体で一番敏感な核の部分……触れるか触れないかのタッチがどうしようもなく気持ちよく、どんどん背中が仰け反っていく。

「あ……あ、あ……そこ、や……あっ」

「すごく濡《ぬ》れてる。いやらしいな」

「んっ、は……あっ」

蜜洞がキュンと疼《うず》き、蒼也の逞《たくま》しい肩を強く握った。煽《あお》り文句にまでいちいち反応してしまうこの身体が憎い。彼はとても器用だった。絶妙な力加減で、『こうしてほしい』と願った通りの愛撫《あいぶ》が繰り返される。

くちゅ、と音を立てて太い指が蜜口を突き破った。バストの頂を甘く噛《か》まれながら、入り口を丹念に広げられる。すぐに指が増やされて下腹の裏側を強くこすられると、甘い疼《うず》きがもう止まらない。腰を浮かせて蒼也の腕に脚ですがりつく。

「どう？　気持ちいい？」

優しく指を回しながら蒼也が尋ねる。

「は、んっ……気持ちよすぎて、イッちゃいそう」

「イっていいよ。それとも、もう入っていい？」

「ダメ、ダメッ」

ぎゅうっと指をきつく締めつけると、彼の呼吸が俄然荒くなった。

「やべ……すげえ吸いついてくる。俺もイキそう」

「んッ……まだ入ってないじゃないですか」

あおいが口にした言葉に笑いながら、蒼也がもう一度乳房の頂に吸いついた。口内で転がすだけでは飽き足らず、執拗《しつよう》に唇でしごき、甘く噛《か》んで責め立ててくる。

太腿《ふともも》にこすりつけられる昂《たかぶ》りがあおいをしとどに濡《ぬ》らし、あおいもまた彼の指を彼自身だと思って腰を揺らした。蒼也が言った通り、彼の欲望の塊が今にもはち切れんばかりに漲《みなぎ》っているのがわかる。彼が胎内に入った時のことを想像しただけで、蜜口がキュンキュンとわなないた。

「あ、ダメ……イキそ……」

その言葉に気をよくしたのか、胎内を往復するものが一層スピードを増す。あおいは蒼也の背中をきつく抱きしめた。

「あ、んあッ……あっ……！」

目の前に火花が散って、凝縮されたわだかまりが脚のあいだで弾けた。びくびくと震えながら、彼の指を締めつける。何度も襲いくる甘美な波を受け止めようと、背中が弓なりになり、顎が仰け反った。

蒼也はすぐには指を止めなかった。まるでゆりかごでも揺らすかのような滑らかな動きが、深く満ち足りた余韻の渦へいざなってくれる。

「はぁ……ん……」

激しい波が去り、目を閉じたまま心地よい酩酊《めいてい》に包まれていた。するといきなり唇が塞がれ、あおいは蒼也のうなじに手をかけて彼を引き寄せる。

初めは甘かった口づけは、すぐに舌を絡ませ合う情熱的なものへ変わった。互いの唇を強く押しつけて、荒い息遣いのもと、激しく貪《むさぼ》り合う。

自然と唇が離れた時には、ふたりとも喘《あえ》いでいた。

(ああ……なんて気持ちがいいんだろう)

目を閉じたまま深くため息をつく。こういう感覚をしばらく忘れていた。

「いい顔。すごく興奮する」

低くかすれた声に目を開けてみると、蒼也が眉を寄せてにやりと唇を曲げている。その顔がなんとも色っぽくて、つい視線を外した。

「そ……そういうこと言います？」

「ダメ？」

「ダメです」

怒りをにじませた口調とは裏腹に、自然と頬《ほお》が緩んでしまう。

興奮する、なんて言われたのは初めてだ。これまでの人生において、誰と付き合っていても本当に自分が求められているのかいつも自信がなかった。それは多感な時期に父が家族を捨てたこととと関係しているのかもしれない。

蒼也があおいの頭の上に手を伸ばす。

「もう限界なんだけど。いい？」

「は、はい」

あおいが頷《うなず》く前に、彼は手にした避妊具のパッケージを歯で破いた。胸がドキドキと激しく高鳴る。あおいの気持ちとは対照的に、避妊具を装着する蒼也の顔つきは落ち着いたものだ。

「いくよ」

顔を上げた蒼也が、あおいの両膝を開いた。ショーツのクロッチがずらされ、すぐに硬い切っ先が蜜口に侵入してくる。あおいは蒼也の太い腕を必死で掴んだ。

（う、うぅ……おっきい！）

ぐちゅ、とねじ込まれたあたたかなものが、メキメキと隘路《あいろ》を押し広げていく。思わず顔をしかめたけれど、痛いわけではない。ただ、圧迫感がすごかった。達したばかりで、そこがすっかり充血しているせいもあるだろう。

「あ、ふ……はァん」

すでにぐずぐずになっている洞は、絡め取った肉柱を奥へ奥へといざなった。少しきついくらいのフィット感が心地よく、ただただ、ため息が漏れる。

「奥まで入ったよ」

「ん……」

震える瞼《まぶた》を開けると、すぐ目の前に穏やかな笑みを浮かべた端正な顔があった。急に気まずくなり、胸の前でギュッと拳を握る。

（うわ、本当にやっちゃったんだぁ……）

ついこのあいだ出会ったばかりの、よく知らない相手。友達から『身持ちが堅い』と言われる自分が、そんな人と身体を繋げているなんて信じられない。

蒼也があおいの頬《ほお》を撫《な》でる。

「痛くない……よな？」

「はい……んぁッ！」

いきなり胎内をズンと突かれ、あおいは仰け反った。今何か、とてつもない快感が通り過ぎた気がしたけれど……？

もう一度、昂《たかぶ》りが抜け落ちる寸前まで腰を引いたと思うと、一気に奥まで突き入れてくる。

「あぁんッ！」

ぎゅんと腰が反り、慌てて蒼也の両腕を掴んだ。

（な、なにこれ⁉）

ぐちゅっ、ぐちゅっという淫らな音とともに、屹立《きつりつ》したものが胎内を駆け抜ける。そのたびに身体のあちこちが跳ね、おかしな声が出てしまう。ぞくぞくと腰が震える。

やはりさっきのは勘違いではなかったらしい。以前に付き合っていた人とのセックスでは感じたことがない一体感。ひとストロークごとに全身が悦《よろこ》びの声をあげている。

「う、う、んっ……あッ！」

手の甲で口を押さえたところ、強い力で腕を掴まれた。

「声抑えるなよ」

「なん、で……はンッ」

「俺が聞きたいから」

ふにゃっと蒼也の顔が緩んだ。語尾にハートがついていてもおかしくない甘い声。普段はデキる上司といったイメージの彼がこんな顔をするなんて意外だ。

「ダメッ。ダメです」

口を押さえてフルフルと首を横に振るが、またもや両手を掴まれて今度はお尻の下に。さらに蒼也は、あおいの両太腿《ふともも》をしっかりと抱え、腰を大きく回して突き入れてきた。

「ふぁ、ひぁっ……はっ、あぁっ……！」

腰をグラインドさせながら何度も突き入れられ、顎がどんどん天井を向いていった。彼の分身が身体の奥でうごめくたびに、気持ちがいいところにことごとく当たる。

「はっ……んっ、すご……無理ッ」

蒼也が隘路《あいろ》を駆け抜ける感覚に、あおいは腰を捩《よじ》った。こんなに感じるのも、声をあげるのも初めてで、自分が急に淫らな女になってしまったみたいだ。

「君の中は……きつくて熱くて……ごめん、もうちょっと力抜いてくれる？」

蒼也が端正な顔に官能的な笑みを浮かべる。彼の呼吸もあおいに劣らず荒く、それだけでなんだか嬉しくなってしまう。蒼也はうっすら汗をかいている。

「そんなの、ンァっ……無理です……そこ、気持ち、よすぎるからぁ」

「ここ？」

「ひゃぁん」

クン、と素早く突き上げられて変な声が迸《ほとばし》った。それに気をよくしたのか、ちょうど臍《へそ》の裏側の一点を、蒼也が硬く張り詰めた先端で小刻みに突く。

さっきもそこを指でこすられて、あっという間に達してしまったのだ。……というより、彼の昂《たかぶ》りはとても硬くて、襞《ひだ》という襞《ひだ》が強くこすられるせいか異様に感じてしまう。

「ああ、すげぇ気持ちいい……俺もうヤバいかも」

うなだれるように頭を下げた蒼也が、あおいの耳元で囁《ささや》く。そんな言葉にキュンとしてしまうとは、自分はなんてチョロい女なのだろう。

激しい抽送により、脚のあわいから淫らな水音が響いた。同じ場所を執拗《しつよう》に突かれ、強欲な蜜襞《みつひだ》にもどかしい感覚が積み重なっていく。

「そこ、本当にダメ……すごい……感じちゃう」

「何それ。めちゃくちゃエロいんだけど」

蒼也が笑いながら漏らした言葉とともに、胎内の楔《くさび》がドクンと膨らんだ気がした。そのせいで一層快感がかき立てられ、あおいは彼の首根っこを両手で引き寄せた。

「あ……あ……、また……イッちゃいそう」

「我慢しなくていいよ。何度でもイかせるから」

滾《たぎ》り切った肉杭が奥深くまで沈み込み、一番奥の壁を小刻みに突いた。時々入り口から最奥まで一気に貫かれるのも堪《たま》らない。丹念な刺激を受け続けるうちに、絶頂の兆しがはっきりと際立ってくる。

「あおい」

「んふっ」

覆いかぶさってきた蒼也が乳房の頂を口に含んだ。ちゅぱちゅぱと唇で激しくしごかれ、吸い立てられ、執拗《しつよう》に噛《か》まれる。激しく抜き差しされる肉杭に、強欲な鞘《さや》がぎゅうぎゅうとすがりついた。

「あっあっ、蒼也さんっ……！」

いよいよ我慢ができなくなり、蒼也の腰に自分の脚を絡ませた。バストの頂と蜜壺と。両方の刺激で、絡み合った場所がキュンキュンと切なく疼《うず》く。反対側のバストも手でいたぶられ、もういてもたってもいられない。

「あおい」

蒼也が苦しそうに顔を歪《ゆが》めて囁《ささや》く。

「もっと声聞かせて」

「はあっ、ああんっ」

「あおい……ッ」

「蒼也、さんも一緒にイッて……！」

「わかった」

「あ、あ、はァアンっ――」

膨らみ切った快感の塊がパーンと砕け散り、すべての思考が飛んだ。何もかもから解放されたかのような多幸感。まるで天国にいるみたい……

抽送が緩やかになり、身体の奥で何かが迸《ほとばし》る感覚があった。どうやら彼も達したらしい。なぜだか急に幸せな心地に包まれて、汗ばんだ大きな背中を抱きしめた。

「は……あぁ……」

心地よい陶酔にうっとりと身を委《ゆだ》ねていると、唇にキスが落ちてきた。薄く目を開けた先に、満足そうな笑みを浮かべる彼の瞳が揺れている。

ハッと目を瞬《また》いて、あおいは視線を外した。

「なんか恥ずかしいんですけど……」

「なんで。ちゃんと顔見せてよ」

あおいの頬《ほお》に手を当てた蒼也が、意地悪そうに口角を上げる。むにゅ、と頬《ほお》を掴まれて尖《とが》った唇に楽しそうに口づけまでして。

「むぅ……趣味悪いですよ」

「心外だな。その顔を見るためにヤってると言っても過言ではないのに」

思わずプッと噴き出した。抱きすくめられてベッドの上で回転し、上下反対になる。

「もう一回いい？」

「ひゃっ」

ズン、と下から突き上げられた。仰向けになった蒼也は男らしい口元に妖艶な笑みを湛《たた》えている。

「も、もうですか？」

「『もう』じゃなくて、まだ萎《な》えてないんだよ。本当に何も覚えてないんだな」

「もしかして、この前も連続で……？」

「続けて三回」

「続けて!?」

あおいは眉を顰《ひそ》めた。先日ホテルで見たゴミ箱には、確かに避妊具のパッケージが三個は入っていた。けれど、まさか立て続けに使っただなんて……

(こういうのを絶倫というのかな)

比べるのは悪いと思いつつ、やはりどうしても以前に付き合った男性と比べてしまう。あおいの元カレたちの中にはそう何度もできる人などひとりもいなかった。

「嫌だったら無理にとは言わないけど」

「う……」

蒼也はそう言いつつもショボンとした様子だ。そんな顔をされたら、つい情が湧いてしまうではないか。

「えっと……三回くらいなら……？」

おずおずと口にしたところ、見下ろした端正な顔に蠱惑《こわく》的な笑みが広がった。

「よかった」

頭を抱えられて唇を奪われる。上の唇を吸われて、今度は下唇を甘く噛《か》まれて。ちゅっ、ちゅっ、と激しい水音が響くほど唇が吸い立てられて、あおいも彼の唇に自分からそれを押しつけた。

「ん……ふッ」

差し出された舌を絡め取ると、すぐに優しく舐《ねぶ》られる。口内を熱い舌で蹂躙《じゅうりん》されると気持ちがよくて、すぐに淫らな気持ちになった。あおいの蜜壺は、ちっとも勢いを失わない昂《たかぶ》りを咥《くわ》え込んだまま。時折、ビクンと力強く脈打つ猛《たけ》りを感じる。

「あおい……」

ハッ、ハッと呼吸を乱した蒼也が、あおいの背中と臀部《でんぶ》を激しくまさぐった。絡み合う吐息はすでに濃く、甘い。あおいの腰も自然と揺れてしまう。

「ダメだよ。ちょっと待って」

蒼也がいったん腰を引き、胎内に充満していたものがするりと抜け出ていった。こうなってしまうと寂しいものだ。それだけ彼の存在感が大きいのだろう。

新しい避妊具をつけた蒼也が、もう一度あおいの下に寝ころんだ。

「おいで」

言われるままに逞《たくま》しい彼の身体の上に跨《また》がり、自ら屹立《きつりつ》の上に腰を落とす。

「ん……あっ……」

あおいは顎を反らせて悦《よろこ》びに打ち震えた。太い刀身が肉鞘《にくざや》をかき分ける感触がなんとも心地いい。強欲な洞は彼を迎えた悦《よろこ》びでこぽこぽと蜜を零《こぼ》し、奥へ奥へといざなう。

「ヤバ……もう気持ちいい」

目を閉じた蒼也が眉を寄せてため息を零《こぼ》した。こうして見下ろすと彼は本当に整った顔立ちで、こんな人に自分が抱かれているのが信じられない。

「俺たち、身体の相性抜群だと思わないか？」

「思い……ます、ンッ……」

ごつごつした手が腰のくびれを下から撫《な》で上げ、ぞくりと背筋が震える。

だからよく知りもしないうちから『付き合おう』と言ったのだろうか。最初から身体目当てだったのだとしたら合点がいく。

すべてを咥《くわ》え込んだとあおいが思った瞬間、一度引かれた昂《たかぶ》りが滑り込んできた。

「ああッ」

もう一度。さらにもう一度。

容赦なく何度も貫かれ、そのたびにあおいはビクビクと震え、喘《あえ》ぎが迸《ほとばし》った。律動に合わせてバストも揺れる。腰を打ちつける音がパンパンと鳴り響く。

「はッ、あっ、ちょ……すご……！」

蒼也が両手を伸ばし、ゆさゆさと揺れる双丘を鷲掴みにした。彼の指が柔らかな脂肪に食い込む。

それすらも気持ちがよくて、蜜洞がきつく彼を抱きしめる。

蒼也が上気した顔で見上げてきた。普段は鋭い三白眼が鳴りを潜め、甘いスイーツみたいにとろけている。こんな顔をセフレのひとりに見せてもいいのだろうか。

「最高……あおい、気持ちいい？」

「ん、ハッ……あ、中……すごくこすれて……気持ち、いいッ」

「そうか……俺も……気持ちいいよ」

「あ、んアッ」

下から激しい突き上げが始まり、あおいは自身のバストを嬲《なぶ》る彼の手に自分の手を重ねた。

熱くとろけきった蜜洞が、肉の棒で執拗《しつよう》にこね回されている。ずちゅっ、ずちゅっと昂《たかぶ》りが行き来するたびに内壁のいたるところが抉《えぐ》られて、どこもかしこも気持ちがいい。

「ひゃ……あッ、はンッ……！　もう……おかしくなりそう」

あおいは泣きそうになりながらかぶりを振った。

「おかしくなっていいよ。むしろ嬉しい」

蒼也も荒い呼吸を繰り返している。彼を気持ちよくさせなければ、とはじめは気負っていたけれど、もうそんな余裕なんてない。

抽送に合わせて、ふたりが接する場所から、じゅぽっ、じゅぽっとねばついた音がする。あおいの太腿《ふともも》も臀部《でんぶ》もびしょ濡《ぬ》れだ。彼もきっと同じだろう。

猛々《たけだけ》しい肉柱で執拗《しつよう》に貫かれるうちに、身体の奥に絶頂の予感が湧き起こる。ふしだらな喘《あえ》ぎも、勝手に揺れる腰も止めることができずに、ぶるぶると太腿《ふともも》を震わせる。

「はッ、あ、あっ……も……ダメ……蒼也さん、来ちゃうッ」

「イこう、一緒に」

抽送がますます素早くなり、身体の芯がズクンと疼《うず》いた。

「あ、アッ、イく……！　ンンッ――」

その瞬間、蜜洞を苛《さいな》んでいたわだかまりが一気に弾け、全身が強い歓喜の渦にのみ込まれた。呼吸が乱れる。頭のてっぺんがチリチリする。身体の奥深い場所で脈打つ楔《くさび》を、ぐずぐずにとろけた熱い洞が強く、強く締めつけた。

「は……ッ、あッ、アぁ……ッ」

深い絶頂の波が何度も押し寄せて、身体の痙攣《けいれん》が止まらない。一緒に達したはずの蒼也が、腰の動きを止めないせいだろうか。

「そ、蒼也さんッ、ダメ……い、今イッてるから……！」

腰を支えていられずに、逞《たくま》しい胸の上に突っ伏した。ふたりとも汗でびしょ濡《ぬ》れだ。下半身はどちらが零《こぼ》したものともつかないものでぐちゃぐちゃだった。

ふうふうと苦しい呼吸を繰り返すあおいの頭が、くしゃりと撫《な》でられた。

「もっと乱れろよ。こんな時までいい子ちゃんでいなくていいんだぞ？」

「う……う……」

彼が何を言っているのかよくわからない。薄目を開けて見てみると、蒼也の両目は優しく弧を描いている。

「もう……乱れて……ますってぇ」

息も絶え絶えになりながら呟《つぶや》く。きっと化粧も崩れているだろうし、身体中余すところなく見られているのだ。これが乱れていなくてなんなのだろう。

それより、さっきから過呼吸でも起こしそうなくらいに息が荒く、思考が途切れがちだった。気を失いでもしたら蒼也に迷惑をかけてしまう。

「ごめんな。もうちょっとだけ抱かせて」

力の入らない身体を抱きすくめられ、ベッドの上に優しく横たえられた。一度出ていった彼が新しい避妊具をつけて戻ってくる。そしてまた激しい抽送が始まった。

「ああっ、あ……ッ、や、お、奥ッ……アンっ!!」

両手をジタバタさせた挙句、最終的に蒼也の大きな手でシーツに縫い留められた。ふたりの脚が互い違いになるような形になったせいで、彼の昂《たかぶ》りが奥の奥まで届く。眉を顰《ひそ》め、色っぽい笑みを口元に湛《たた》えた蒼也が尋ねてくる。

「どう？　気持ちいい？」

「あ、んぁっ、そこ……すごい……！」

小刻みに、時々激しく突かれて全身が震えた。そこがこんなにも甘いなんて今まで知らなかった。達したばかりだったせいか、すぐに絶頂の予感に襲われる。もう何がなんだかわからない。ただ言えるのは、ふたりが結びついた部分が常に気持ちがよくて、むずがゆくて、頭がくらくらしているということだけ。

「ハっ……あ、蒼也、さん……ッ、もう、ダメ……ッ」

浅く、短い呼吸に苛《さいな》まれながら、何度も喘《あえ》ぎを零《こぼ》す。爪が食い込むほど蒼也の手を強く握りしめると、彼が握り返してきた。

「俺もイきそ……ヤバい……」

「あっ、んッ……あぁ、あっ」

瞬間的に強い波に襲われて、絶頂への階段を一気に駆け上がった。

ぐちゅぐちゅと水音が鳴るほど激しい抽送に蜜洞を苛《さいな》まれ、胎内の一番奥で蒼也が弾けるのを感じて――

（ああ……なんだかすごくいい気持ち）

天にも昇るような深い絶頂感と気怠い充足感を覚えつつ、あおいの意識は暗闇に沈んだ。

＊

『私と家族は、父に捨てられたんですよね』

火照った身体に熱いシャワーを浴びながら、蒼也は出会った晩にあおいの口から聞いたことを思い返していた。

その話を聞いたのは二軒目のバーでのこと。

特別酔っているようには見えなかったが、途中から記憶がなかったようだから、きっとこの話をしたことも覚えていないのだろう。しかし、蒼也には忘れられない記憶として強烈に残った。

彼女の話によると、当時小学生だったあおいが学校から帰ると、家に見知らぬ女性がいることが何度かあったらしい。母親よりもずっと若くて美しい細身の女。三歳だった弟は父親と女が寄り添っていたリビングの隣の部屋で寝ていたのだそうだ。

まだ子供だったあおいは彼らがどういう関係なのか知りもせず、ソファで寄り添っている理由もわからなかった。それから徐々に外泊が増えていった父を最後に家で見たのは、妹が生まれる二カ月前のことだったという。

『母は妊娠中に浮気をされたんです』

彼女はそう言ったが、気づいたのはあおいが大人になって異性との付き合いを始めた頃のことだったようだ。

父親はあおいたち家族を自宅の一戸建てから追い出しただけでなく、きちんと協議離婚をしたにもかかわらず、最初の数回しか養育費を払わなかったらしい。だから、その後母親が病気で亡くなってからも父親とは一度も会っていない、住所も連絡先も知らせていないのだとか。小さかった弟や妹に、父親の記憶がないことが唯一の救いだとも言っていた。

シャワーのバルブを捻って止め、両手で髪をかき上げる。彼女が覚えていないのなら、自分も口をつぐんでいるしかない。

(俺にプライベートまで干渉する権利なんてないしな)

浴室から出た蒼也は洗面所の棚からバスタオルを取り、首に掛けた。洗面台に両手をついて自分とにらめっこする。

大きな鏡に映る蒼也は身体が大きく、健康的な肌をしていた。顔つきも生気に満ちており、何不自由なく育ったことが見た目でわかる。だからなのだろうか。自分とはかけ離れた境遇で育ったあおいが気になって仕方がないのは。

バスタオルで頭と身体をザッと拭き、新しいバスローブを羽織《はお》ってドアの外に出た。冷蔵庫から取り出したペットボトルの水をひと口含み、ベッドへ向かう。

大きなベッドの上には、白いシーツに包《くる》まった身体が小さく丸まっていた。あおいをシーツで包んだのは蒼也だ。彼女は最後に絶頂を迎えたと同時に気を失うように眠ってしまい、今はスースーと静かに寝息を立てている。

(子供みたいだな……)

込み上げてきた笑いを堪《こら》えようと口元を押さえた。仕事の時は強気で後輩思いの姉御肌なのに、ベッドの上で見せる初心な姿にはギャップを覚える。女性にしては驚くほど酒豪だが、酔うと饒舌《じょうぜつ》になるのが面白い。

(あの日、ちょっとだけ泣いたんだよな……)

ベッドに腰をかけ、白いシーツに広がる髪を優しく梳《す》いた。暗いバーの片隅で、俯《うつむ》いて震えていた細い肩が忘れられない。ハンカチを渡そうかと迷ったが、気づかれぬよう必死に取り繕っている彼女にそんなことはできなかった。

滑らかな白い頬《ほお》を指で撫《な》でる。

きっと肩肘張って精一杯生きているのだろう。弟妹はまだ学生だというから、生活費や学費のすべてがこの双肩にかかっているに違いない。

あの晩、そんな苦労を微塵も見せずに楽しそうに笑う彼女を、もっと知りたいと思ってしまった。

いつもならワンナイトで済ませるところだ。しかし、意外にも身体の相性がすこぶるよく、どうにかして繋ぎ止めたいと思った。まさか交際の申し込みを断られるとは思いもせず……それなら身体の関係だけでもと食い下がっていた。

ベッドサイドの時計をちらりと見ると、時刻は午前一時過ぎ。先日も朝帰りさせてしまったし、境遇が境遇だけに弟妹が『また捨てられるのでは』と心配するかもしれない。

ベッドに足を上げ、華奢《きゃしゃ》な身体を上から抱きしめた。ふくよかなバストを手で押し包むと、柔らかな感触に心が満たされる。あおいは着やせするタイプらしい。

(帰したくない)

そんな気持ちがふと胸に湧き、女性らしい匂いのする髪に鼻をうずめた。そして同時に、かねてより父から勧められている縁談のことを思い出した。

近いうちに実家に戻らなければならないだろう。あまりに気が進まないため先延ばしにしていたが、父の堪忍袋の緒が今にも切れそうになっていると使用人から催促の電話があった。

何もかも忘れていられるのは今のうちだけだ。また熱を持ちはじめた己の劣情に辟易《へきえき》しつつ、冷えた細い肩に口づけをした。

2

都心の夜景が一望できるホテルの夜から数日が過ぎても、あおいはたびたびあの晩のことを思い返した。身体だけ、というわりには優しくされて、ちょっと勘違いしているのかもしれない。でも、それだけ蒼也は男性として魅力的な存在だった。

洗いざらしの無防備な髪も、筋肉質で引き締まった身体もすごく素敵だった。あの三白眼で情熱的に見つめられたらゾクゾクしたし、蠱惑《こわく》的に微笑《ほほえ》む唇は色っぽい。何より疲れを知らないタフな肉体と、女の身体を知り尽くしているところなんかはさすがと言える。

でも、彼のいいところは見た目だけではなかった。

あの晩、すっかり眠りこけていたあおいは蒼也に起こされた。

『このまま泊まっていきたいところだけど、君は帰ったほうがいいだろう？』

彼はそう言って、あおいがシャワーを浴びるまで待ち、タクシーを呼んで送ってくれたのだ。弟妹の手前、そう何度も外泊を重ねるわけにはいかない。それに昨日と同じ服装では、優愛をはじめ職場の女性たちになんと言われるかわかったものではない。

(そりゃあ、あれだけ気遣いできればモテるよね)

……と、まるで他人事のように感心してしまう次第。

それにしても、あのホテルから自宅までは遠いため、タクシー代はかなりの料金になったはず。前回の飲食代も受け取ってもらえなかったうえに、昨夜のルーフトップバーもホテル代も出してもらって、いったいなんのために誘いを受けたのかわからない。

(次こそ私が出さなくちゃ)

もちろん次があれば、の話ではあるが……

「せ～んぱい！」

「ひゃあっ」

背後から急に声をかけられ、手元でまとめていた印刷中の資料をぶちまけてしまった。

「優愛ちゃん……！」

振り返ったあおいの足元に、優愛は驚いた顔をしてしゃがみ込んだ。

「ごめんなさい！　どうしたんですか？　そんなにびっくりして」

「ううん、私こそごめんね。ちょっと考え事しちゃって」

床に散らばった資料をふたりで急いで集める。優愛が上目遣いにこちらを見てきた。

「先輩？　顔真っ赤ですよ」

「え？　そ、そう？」

頬《ほお》に手を当ててみるが自分ではわからない。優愛はグロスを引いた唇をにやりと曲げた。

「なんかエッチ～～。先輩ったら」

「ちがっ……！　仕事中にそんなこと考えてないよ」

（まあ、ちょっとは考えたけどさ）

コホンと咳払《せきばら》いをして集めた資料を整える。優愛から渡された資料を受け取り、礼を言った。

「そういえば、さっき楠本《くすもと》部長が先輩のこと捜してましたよ。なんか、先輩が今日山田さんのところに訪問するのを知ってるみたいで～」

「あー……そうなんだ」

あおいは眉を顰《ひそ》めた。

確かにこのあと地主の山田氏を訪問する予定だが、今回見せる見積書は概算のものだし、クロージングにはまだ早いため、ひとりで行くつもりでいた。今日話した様子で、次回課長に同行してもらうかどうかという段階なのに。

優愛が身体を寄せてきて伸び上がった。

「こっそり出かけちゃえばいいんですよ」

「いやー、それはまずいでしょ」

「もう、先輩ったら真面目なんだから。楠本部長と同行なんて地獄ですよ、地獄。私この前、肩をポンってされたんですよ！　うわ～、思い出しちゃった」

鼻に皺《しわ》を寄せる優愛に、あおいは笑いながら肩をすくめた。

「じゃ、部長に見つからないことを祈ってて」

デスクに戻り、資料をまとめて訪問の準備を始める。

正直なところ、山田氏の案件の進み具合とは別にして、あおいも部長の楠本が苦手だった。

その理由は、以前から楠本に彼の甥《おい》との見合いを強引に勧められているためだ。遠回しに断りを入れているのにわかってくれず、その場ではいったん話を引っ込めるものの、ことあるごとにまた引っ張り出してくるため、いい加減どうしたらいいのかわからなくなっている。

先日、以前に縁談を断った人がパワハラを受けたうえ、遠方へ異動になって退職したと聞いた。普段から何かとパワハラまがいの言動やセクハラも多いため、あの部長ならやり兼ねないと皆震えている。

(確かに部長とはできるだけ同行したくないないよね。よし、こうなったら捕まる前にさっさと出かけちゃおう)

営業カバンに資料を詰め込み、ホワイトボードに行き先と帰社予定時刻を書き入れた。行ってきます、と言って廊下に出る。

コートを腕にかけ、ヒールの音をカツカツと響かせてエレベーターに向かう。しかし、廊下を曲がった瞬間——

「おっ、須崎さん。捜してたんだよ～」

ちょうどトイレから出てきた楠本とばったり鉢合わせた。えーっ、と心の中で叫び声をあげながら足を止める。

「お、お疲れ様です。ええと……何かご用ですか？」

楠本が手を拭きながらこちらへ向かってくる。意気消沈したあおいとは反対に、彼は嬉々《きき》とした様子だ。確か五十代半ばの楠本は、正面から見ても横から見ても同じような横幅で、最近は頭髪が寂しくなったと気にしている。部署の中では『今に始まったことじゃない』との意見がほとんどだけれど。

あおいの前で立ち止まった楠本はハンカチを畳んでポケットにねじ込んだ。彼とは身長がほぼ同じで、こうして並ぶと目線が一緒になる。

「いやね？　これから山田さんを訪問するって聞いてさ。だったら言ってくれなきゃ～。水臭いじゃない？」

「い、いえ……まだ部長のお手を煩《わずら》わせる段階ではないと思っていましたので」

楠本が身体を寄せてきたため、あおいはさりげなく距離を取った。

「でも概算の見積書、持っていくんだろう？　テストクロージングとはいえ、ああいう大地主は上役が出てきたら『大事にされている』と思うものだよ。今準備してくるから待ってて。私の車で行こう」

「あっ、ちょっ――」

伸ばした手の向こうへ、肥えた腹部をゆさゆさと揺らしながら楠本が走っていく。これはもうダメだ。完全に乗り気になっている。

息を切らして戻ってきた楠本とエレベーターに乗り、ビルの一階にある立体駐車場に下りた。パネルを操作してパレットを呼び出す。ドアの向こうに姿を現した部長車は、一般社員が乗る営業車と違って高級感があり、サイズも大きい。

「部長、どうぞ」

後部座席に回ったあおいは、楠本のためにドアを開けた。駅前のカフェでコーヒーを買い、コンコースでのんでから電車で向かう——そんな優雅な外出をするつもりだったのに当てが外れた。山田邸までは電車でも車でもここから三十分ほどで着くから、長旅でないだけヨシとしよう。

走り出した車は一路山田邸へ向かった。バックミラーに映る楠本は、あおいが渡した見積書とプレゼン資料に目を通している。見積書をもとにした利回りと、向こう二十年間の収支を計算したものだ。

「どう……ですか？」

信号で止まった際に尋ねてみる。うーん、と楠本は唸《うな》って顔を上げた。

「いいんじゃない？　よくできてるよ」

あおいはホッとした。

「よかったです。部長のお墨付きなら安心ですね」

「まあまだ見積りも概算だし、上役も出てきてないんだから、山田さんも小手調べとしか思ってないだろう」

「あー、ですよね～……」

楠本が運転席と助手席のあいだから、にゅっと顔を出す。

「君は知らないだろうけど、私も過去に山田さんを担当していたことがあるんだよ。前の担当者が門前払いでどうにもならないってことで、当時トップ営業マンだった私に白羽の矢が立ってね」

「へえ、すごい……！」

ちょっと大げさなくらいに反応しつつ、青になった信号のもと車を発進させた。上司の自慢話に付き合うのは部下の役目だ。ひとたび彼らが上機嫌で語りだしたら、その場にいる部下は皆接待モードに切り替えなければならない。

「それまでは気難しくて誰も会えたことがないって言われてたんだけど、私が行ったらすぐに顔見せてくれて、その日のうちに食事まで一緒にしたんだ。あれは伝説になったなあ」

「さすがですね。部長が礎《いしずえ》を作ってくださったお陰で助かってます」

持ち上げられていい気持ちになったのか、それから楠本の自慢話はしばらく続いた。そのたびにあおいはハンドルを握りつつ、大げさなくらいに頷《うなず》いてみせる。

「ところで――」

「なんでしょうか」

「須崎さんは、誰か決まった相手がいるの？」

（やっぱり来た……！）

ハンドルを握る手に力が入る。このまま過去の栄光話が続くと思っていただけに、すっかり油断していた。

「え、えーと、それはどういったことで？」

「たとえば付き合ってる人がいるとか、好きな人がいるとかさ」

一瞬蒼也のことが頭をよぎったが、あいにくそういう関係ではない。

「それがなかなか……」

アハハ、と笑ったところ、「じゃあさ」と、楠本が視界に入ってくる。

「前に一度話したと思うんだけど、私の甥《おい》っ子どうかな。君よりひとつ年上の三十歳。物静かな男だけど、優しくて須崎さんと合うと思うんだよね」

「あーっ……と、そのお話は以前にもお断りしたと思うんですが」

楠本が隣で大きな口を開けて笑う。

「いやいや、会ってもいないうちから断るなんてもったいないよ。まずは気軽にその辺の喫茶店でお茶でもどうだろう。セッティングしておくから」

「そんな、困ります」

「いいから、いいから。それともやっぱりホテルとかのほうがいい？」

正面を向いているのをいいことに、あおいは眉を顰《ひそ》めた。確かこんな感じで前回もうやむやにして終わったのだ。ここは心を鬼にしてきっぱりと断らなければ。

車が詰まってノロノロ運転になったところで、深く息を吸う。

「部長、申し訳ありませんが、やはり今は結婚のことを考えられません。ご存知の通り、うちには両親がおりませんので、今度大学に進学する妹の学費を私が稼ぎませんと――」

「あのさあ」

楠本の声が突然険しくなったため、あおいはハッとした。横目で彼の顔を一瞥《いちべつ》したところ、眉間の皺《しわ》と、錘《おもり》でも下げたかのような両方の口角にはっきりと不機嫌が見て取れる。これ以上反論するのは危険だ。

楠本は助手席のシートに肘をかけ、低く唸《うな》るように言う。

「新人じゃあるまいし、もうちょっとうまく立ち回れないものかね。私は君の直属の上司。君は部下。この意味わかってる？」

あおいは唇を噛《か》みしめた。こういう含みを持たせた言い方でネチネチとやるのが楠本の常套《じょうとう》手段だ。若手の女性社員なんかよく陰で泣いている。

ちょうど山田邸に到着し、無言のまま駐車スペースに車を滑り込ませた。ちょうど山田氏の妻が箒《ほうき》で掃き掃除をしており、ドアの外から頭を下げている。

「じゃ、さっきの件は近いうちに。——ああ、どうも。お世話になっております」

自分からドアを開けて外へ出た楠本は、直前の厳しい顔つきから打って変わって外向きの笑みを張りつけて夫人に頭を下げた。

あおいはエンジンを切り、助手席に置いた重たい営業カバンの持ち手を強く握りしめる。

（ダメだ、ダメだ。こんなんじゃ取れる契約も取れなくなっちゃう。気合い入れてこ！）

大事なプレゼンを前に落ち込んでいる場合じゃない。今は切り替えが大事。

「ヨシ！」

これまでで一番の営業スマイルを浮かべ、あおいは運転席のドアを開けた。

その日の夜、少々やさぐれていたあおいは自室で缶のままチューハイをのんでいた。

昼間、山田氏を訪問した際の感触はとてもよかった。楠本も以前担当していたというだけあって話も弾んだし、プレゼンの内容にも満足してもらえたと自信を持って言える。

問題は楠本の見合い話だ。彼は営業部長だけあって口がうまいし空気を読まない。なんだかんだと言いくるめられて、結局はっきり断れなかったのだ。

缶チューハイをごくりとあおり、海よりも深いため息をつく。

（嫌だなあ。次会ったら絶対断れないやつじゃん……）

仕事は好きなのに、楠本と顔を合わせたくないがために会社に行きたくなくなる。たまには落ち込むこともあるけれど、ここまで嫌な気持ちになったのは初めてだ。

そんなあおいのもとに電話があったのは、何気なくスマホを見ていた時だった。

（ん……？）

画面に表示された『槙島蒼也』の名前を見て、慌てて立ち上がる。スマホ片手に急いで玄関に向かおうとして、自室から出てきた弟とぶつかりそうになった。

「わあっ！　あっ、漣。ちょっと出かけてくるね」

「おう」

漣は頭をかきながら洗面所に向かった。これから深夜バイトのコンビニに出勤するところなのだろう。

ドアの外に飛び出した瞬間、通話ボタンをタップした。

「こ、こんばんは」

やけに緊張して声がうわずってしまう。これで単なる誤操作だったら笑うところだ。

――こんばんは。今電話しても大丈夫？

いつもの蒼也の声がして、なぜかホッとした。ちゃんと自分宛てだったらしい。

「大丈夫ですよ」

――そうか。今何してた？

「えーと。スマホ見ながらお酒のんでました」

フッと噴き出す声が聞こえる。

――日課だから仕方ないよな。

「なんで知ってるんですか」

アパートの階段を下りながらクスクスと笑う。

――俺も今、家でのんでるから。君も一緒で安心したよ。

笑いながら道路に出て、パーカーのポケットに片手を突っ込んだ。木枯らしが吹く頃ともなるとこの時間はだいぶ冷える。まだ風呂に入っていなくてよかった。

暗い道路をゆっくり歩きながら、他愛もない話に花を咲かせる。新発売になったビールの味がどうだったとか、どこの銀行の誰が地方へ異動になったとか。本当にどうでもいい話ばかり。

まだ知り合ってから間もないはずなのに、会話が途切れずに続くのが不思議だった。姉御肌と言われるあおいも男性には奥手で、仲良くなるには時間がかかるタイプだ。それが蒼也とはこんなに自然に会話が弾む。

昨夜メッセージも交換したのにわざわざ電話をかけてくるなんて、何か用事でもあったのだろうか。気になりだしたところでちょうど会話が途切れ、蒼也が咳払《せきばら》いをする。

——ところで……急なんだけど、今週末空いてる？

ドキンと胸の鼓動が高鳴った。狭い道路の向かい側にある街灯の下で足を止める。

「週末ですか？　特に予定もないので大丈夫です」

——じゃあどこかに出かけないか？　本格的に寒くなる前にドライブでも。

「ドライブ？」

ぱあぁ、と満面の笑みを浮かべるあおいだったが、ふと気がついて口を閉じた。身体だけという約束だったはずなのに、彼の誘いに乗ってもいいのだろうか？

——どうした？

しばらく間があったためか、蒼也が怪訝《けげん》そうな声で尋ねてきた。あおいはスマホを握りしめつつ、弟がバイトに向かう道と反対の方角へ進む。

「いえ……私が行ってもいいのかな、と思って」

——なんでそんなこと言うんだ？

「だって、身体だけの関係だって言ったじゃないですか」

つい小声になる。

——俺が申し込んだ交際を断ったのは君なのに。

「あ……」

（そういえばそうだったっけ）

あの時は急に言い寄られたことに動揺したし、こんなハイスペックなイケメンがなぜ、と不審に思う気持ちもあった。でも今は、自分なんかが彼のような人と付き合うのはおこがましいのでは、という気持ちのほうが大きい。

きっと、彼のことをよく知らないままだからそんなふうに思うのだろう。ドライブをして一日一緒に過ごしてみれば、彼の人となりがわかるかもしれない。

「ドライブ、一緒に行ってもいいですか？」

あおいがそう言うと、スマホの向こうからホッと息を吐く音が聞こえた。

——いい返事をくれてありがとう。

「いえいえ、そんな……！　私のほうこそお誘いありがとうございます。あの……嬉しいです」

クスッという笑い声。

——俺も嬉しいよ。行き先は逗子《ずし》や葉山《はやま》あたりを考えてるんだけど、どうかな？　道が混《こ》まないように朝早い出発になるけど。

「いいですね！　その辺には行ったことないので楽しみです。私、朝早いの得意なので問題ありません。金曜日は残業なしで上がらないとですね」

——そうだな。君が定時過ぎても残っていないか確認の電話入れるから。

あはは、と夜の路上で声を抑えて笑う。

土曜日の朝五時に駅前まで迎えに来てくれるとのことで、通話を終えた。

（逗子、葉山か……）

アパートへ戻りつつ、すぐにスマホで調べて「おぉ」と小さく声に出す。画面の中には、マリーナや砂浜、それと富士山をバックにした真っ赤な夕焼けの海が広がっている。

ネット上にある画像は夏に撮られたもののようでどれも色鮮やかだが、今は人がいない分、静かな海を堪能できるだろう。葉山といえばデートスポットとして有名だ。SNS映えしそうなおしゃれなスポットやおいしい店がたくさんあるに違いない。

アパートの階段下で、あおいはスマホを胸に押しつけて相好《そうごう》を崩した。

(なんか私、すごく楽しみにしてるかも)

免許はあるものの、自家用車を持っていないからドライブなんて久しぶりだ。海に最後に行ったのが何年前かもわからない。でも、蒼也とふたりで出かけられることを一番楽しみに思っている自分が、何より意外だった。

「ヨシ。こんなもんかな」

部屋の鏡に映った自分を前に、あおいは小声で頷《うなず》いた。髪は緩くハーフアップにし、半袖のニットの上にアイボリーのもこもこのフーディを羽織《はお》った。ボトムスはフィット感のある濃紺のデニムパンツを穿いている。これにミドル丈のブーツを合わせるつもりだ。

土曜日の早朝四時半である。これから荷物を持って駅に向かい、蒼也の迎えを待とう。駅までは歩いて十分で着くから、ゆっくり歩いてもだいぶ余裕がある。

今朝は三時半に起きて準備を始めた。荷物は昨夜のうちにまとめておいたけれど、寒かった場合に備えてストールや使い捨てカイロ、手袋やマフラーをタンスの奥から引っ張り出し、バッグに詰め込んだ。カイロは蒼也の分も合わせて四つ。ごみを入れる用のビニール袋と、運転中に彼が眠くならないようにガムやミントタブレットも持って。

こうして同行者のことまで気にするせいで、あおいのバッグは昔からいつもパンパンだった。むしろ親しい仲間には最初からあてにされている。

家族を起こさないよう静かにドアを閉め、まだ真っ暗な戸外に足を踏み出した。

「寒っ」

凛《りん》とした空気に肌が触れた瞬間、ボアフーディの前を両手で合わせた。いつもの出勤時間にはだいぶ空気がぬるくなるものの、さすがに十一月下旬ともなると朝晩は冷える。冬が近づいているのだ。

コツコツとブーツの踵《かかと》を鳴らし、駅へ向かう。遠くから電車の音が聞こえる気がするのは、始発が出たのだろうか。

駅に到着してロータリーで待っていると、高級感溢れる白いSUVが入ってきた。ぴかぴかに磨かれた大きなボディに精悍《せいかん》なグリル、武骨なアルミホイールの存在感がすごい。

目を凝らすと、運転席にいるのは蒼也だった。白いSUVはぐるりとロータリーに滑り込み、あおいの前で停まった。

運転席を下りた蒼也がこちらへ回ってきた。

「待った？」

「いいえ、今来たところです」

待ち合わせの常套句《じょうとうく》を返して、あおいは蒼也の姿をサッと見る。上質な生地の白いTシャツの上に黒色のジャケット、ぴったりしたデニムパンツにショートブーツ。全体的に清潔感があり、こじゃれた感じにまとまっている。

（うわー……これどう考えても私がデートする相手じゃないなぁ）

あおいは心の中で苦笑した。自分も精一杯頑張ったつもりだったが、どう贔屓目《ひいきめ》に見ても普通の会社員の休日スタイルだ。それに対して蒼也のこなれた感じは雑誌の読者モデルだと聞いても頷《うなず》ける。誰もが振り向くような彼と並んで歩いたら、いろいろな意味で注目の的になりそうだ。

だから、蒼也の視線があおいの頭のてっぺんから足の先まで移動しているあいだはムズムズした。

彼の口元が綻ぶ。

「やっぱり普段着もかわいいな。そういう格好、よく似合うよ」

「そ、そうですか？　……ありがとうございます。蒼也さんも素敵ですよ」

しきりに髪を弄りながら、あおいは照れまくった。社交辞令かもしれないけれど、そんなふうに言われて嬉しくないはずがない。

「じゃ、行こうか。乗って」

「はい」

蒼也が運転席に回り、あおいは助手席のドアを開けた。社用車はステーションワゴンのため、こういった車高の高い車は新鮮だ。革張りのシートに座ると、開放的な景色に「おお」と声が出る。

「コンビニとか寄らなくて大丈夫？」

「大丈夫です。ちゃんとおやつも持ってきましたし」

ポン、とパンパンに膨らんだバッグを叩くと、蒼也がエンジンをかけながら笑う。

「おやつか。いいね、遠足みたいだ」

「もう子供じゃないのに、ドライブと聞いてつい買い込んじゃいました」

「俺もレジャーシート持ってきたからお互い様だな」

ロータリーを滑らかに回ったSUVは、すぐに大通りに出た。まだ夜明け前で車は少なく、ストレスなく進む。今日は一日晴れの予報だから、きっと景色も楽しめるだろう。

カーステレオからは落ち着いた音楽が流れていた。おしゃれなカフェにでもいるみたいだ。車は右ハンドルの国産車で内装は黒の革張り、ウォークスルーの車内は広く、ゆったりドライブが楽しめそうだ。さすが高級車。まだ新しいのではないだろうか。

ロードサイドに立ち並ぶ企業の看板や飲食店の話をネタに、会話は途切れることなく続いた。なんてことない世間話の延長みたいな話ばかりだが、テンポのいいやりとりが小気味いい。

有料道路に入ってしばらくすると、徐々に空が白んできた。アルコールもなしに長時間ふたりでいると、やがて世間話のネタも尽きてくる。そうなると自然と蒼也のことが気になった。

あおいは蒼也の横顔をちらちらと窺《うかが》った。彼についてあおいが知っていることといえば、泣く子も黙る大企業である日創地所の営業部長ということだけ。それと、酒好きで後輩に慕われていることくらいだ。あおいは自分の家庭環境についてさらっと話したけれど、彼が自分自身について語ったことは一度もなかった。

蒼也はいつもきちんとした身なりをしている。髪はきれいにセットしてあり、爪も短くカットされている。車内にはごみひとつ落ちていない。持ち物も洗練されているし、立ち居振る舞いや食事の時の所作からは、どことなく育ちのよさを感じる。

(もしかして、良家の子息なのかな……)

これまでにも何度かそう考えたことはあったけれど、さすがに本人に聞くことはできない。もし尋ねるとしたら今がチャンスだろう。

コホン、と小さく咳払《せきばら》いをして彼のほうを向く。

「あのー……蒼也さんはひとり暮らしをされてるんですか?」

「そうだよ。実家もそんなに遠くないんだけど、五年前くらいからマンション暮らししてる」

「そうなんですね。今の会社は何年目ですか?」

ずっと前を見て運転していた彼の目が、一瞬こちらを捉えた。

「大学を卒業してから二年アメリカに留学してるから……八年か。早いな」

「アメリカに留学? ということは英語ペラペラなんですか?」

「まあ、普通に会話する程度には」

「おお……」

あおいは『お』の形のまま唇を尖《とが》らせて、小さく拍手した。すると蒼也がこちらを一瞥《いちべつ》して、にやりとした。

「どうした？　いろいろ聞いて」

「ごめんなさい。蒼也さんのこと何も知らないなあと思って」

ああ、と笑みを浮かべた彼は、前を向いたまま息を吸った。

「別に秘密にしているわけじゃないんだ。聞いてくれればなんでも答えるよ」

「そうですか？　じゃあ……」

ホッとしたあおいは、蒼也の家族構成や簡単な生い立ちを尋ねた。彼の実家は都心近くの閑静な住宅街にあり、蒼也が小さい頃に両親が離婚したため、今は父親がひとりで暮らしているらしい。ほかに海外の研究施設で働く歳の離れた兄がいるとか。実家の場所柄と、幼稚園から私立に通っていたという話から、やはり裕福な家庭に育ったことが窺《うかが》える。

幼い頃からスポーツ万能でいろいろな習い事をしていたが、中学、高校はサッカー部で汗を流したようだ。高校卒業後は都内の大学へ。その後二年間アメリカへ留学したのち、日創地所に入社したとのこと。

(言われてみれば、サッカーやってた人の身体つきだよね)

蒼也の話を聞きながら、服の上から彼の肉体を思い出してみる。

裸になった時の彼は肩幅が広いが厚みはそれほどなく、無駄な脂肪のない身体つきをしていた。スポーツはなんでも得意そうだが、現在はＯＢ会の時にサッカーをするだけらしい。時々スポーツジムで筋トレや有酸素運動をしているそうだが、それだけであの身体を維持しているのはすごいと思う。

「この仕事は残業も多いから、なかなか運動する時間が取れませんよね」

「そうだな。だからできるだけ歩くようにしてるよ。休みの日は美術館や博物館なんかのイベントに出かけたり、気になってた物件を見て回ったりして」

「物件回りというと、この前のホテルみたいな感じですか？」

「いや、あれはたまたま近くにあったというだけで……君との時間を大切にしたかったから」

あおいは思わず咳払《せきばら》いした。蒼也が一瞬こちらを見たが、気づかぬふりをする。

「いろんな物件が頭に入ってるのはすごいです」

「半分趣味みたいなものだからね。時間がある時は新幹線や飛行機で地方まで行くこともあるよ。そのまま一泊して、次の日はまた物件を見たり、美術館や本屋を回ったり」

「それって半分出張みたいですね」

ははは、と蒼也は白い歯を覗かせて笑った。

「仕事と言い切れないのは、物件回りのついでに地場の酒を目当てにしてるからだろうな」

「それはもちろん外せませんよね。蒼也さんの気持ち、めちゃくちゃわかります！」

あおいもクスクスと笑った。物件回りと聞いて『社畜！』と思ったが、そんな楽しそうな仕事ならぜひ同行してみたい。

蒼也が切れ長の目をこちらに向ける。

「君の趣味は？　休みの日は何をしてる？」

「私ですか？　私はえーと……」

急にしどろもどろになったあおいは、バッグについている金具を弄りはじめた。実は一番苦手な質問がこれで、初対面での会話ではいつも困る。

思春期に両親が離婚して、その数年後に母を病気で亡くしてからは、自分が弟妹の親代わりとして多忙な日々を送ってきた。スポーツは苦手ではないが、金銭的にも時間にも余裕がなく、部活動もしたことがない。映画やカラオケなどに誘われても断ることが多かったため、パッと頭に浮かぶものがないのだ。

「実は趣味らしい趣味がなくて……休みの日はボーッとしてます」

へへ、と頭をかきながら仕方なくそう答えた。嘘をつくよりはマシだろう。

「へえ。それはラッキーだな」

「はい？」

思わぬ返答にあおいは首を傾《かし》げる。

「予定が詰まってないということは、いつでも誘えるってことだ。いろいろと教えがいもある」

「は……えと、あの」

スッと手が伸びてきて、バッグの金具を弄ぶあおいの手を握った。なぜか急にドキドキしてしまい、すっぽりと包まれた手に力を籠める。

（おっ、おかしいな。身体の隅々まで知ってる仲なのに）

「あ、あの、ガム食べますか？　蒼也さんも早起きで眠いでしょうし」

「いや、眠くないよ」

「そうですか……」

かえって居たたまれなくなり、会話が途切れてしまった。

(何を話せばいいかわからなくなっちゃったな)

蒼也の手があたたかいのもあって、自分の手がじっとりと汗ばんでいく。戸惑っていたところ、パッと彼の手が離れた。

「やっぱりガムもらおうか」

「は、はい……！　喜んで！」

「居酒屋かよ」

くすくすと笑う蒼也の手のひらに、バッグから取り出したガムをのせた。ドキドキと鼓動が早鐘を打つのは、気のせいだと思いたい。どうしてこんなふうにドキマギしてしまうのだろう。

出発から二時間が過ぎ、明け方の空を染めていたオレンジ色の薄雲もすっかり晴れた。天気予報通りの秋晴れだ。有料道路を下りて県道を走っていくと、右折してすぐに海が見えた。

「海だー！」

「海だ！」

窓の外を見て声をあげるあおいに蒼也が合わせた。ドライブ慣れしている彼は海なんて見慣れているだろうに、人がいい。

「私、海を見るのなんて久しぶりです！」

「俺もだよ。天気がよくてよかった」

蒼也の形のいい唇が横に大きく広がる。

群青色をした海面が太陽の光を受けてキラキラと輝いている。窓を開けてみると、早朝のキリッとした風があおいの髪をなびかせた。それがなんとも心地いい。

海岸近くの駐車場に車を停め、砂浜へ向かった。真っ青な海原が目の前に広がった途端に開放的な気持ちになり、自然と笑顔になる。両手を広げて海風を受け止めたり、軽くスキップなんかも始めたりして。

満面の笑みを張りつけたまま蒼也のほうを振り返ったところ、目が合ってすぐに彼の目尻が下がる。

「嬉しそうだな」

「そりゃあ嬉しいですよ。ていうか楽しいです！　こんなに楽しいの久しぶり」

蒼也の大きな手が、あおいの頭をくしゃりと撫《な》でた。彼には時々頭を撫《な》でられる。子供扱いされているみたいだ。

海岸に出たふたりは、ワーッと声をあげながら手を繋いで駆けおりた。ひと足ごとに砂が舞い上がり、ブーツを履いてきて正解だったな、と思う。

蒼也が手を放して先に走っていった。からかうように振り返ってくるあたり、追いかけてこい、ということらしい。

「待って」

あおいは強く砂を蹴った。けれど慣れない砂浜のうえ、足の速い彼に追いつこうとしても思うように進んでいかない。蒼也はますます楽しそうだ。

「遅いぞー」

「もう、ずるい！」

「仕方ないなあ」

笑いながら足を緩めた彼にやっと追いついたものの、ハアハアと息が上がって、また笑われる。

腰を折って息を整えていると、蒼也が抱きしめてきた。

「俺と一緒にジムに通ったほうがよさそうだな」

その言葉にはぐうの音も出ず、一向に整わない呼吸がさらに苦しくなるほど笑い転げる。乱れたあおいの髪を彼は丁寧に整えてくれた。

海岸には人がぽつぽつといるだけで、穏やかに寄せる波の音だけが響いていた。波打ち際に近づいてみると水は透き通っている。浜から沖へ向かって目を馳《は》せると、無色から青緑色へと段々濃く色づいていくのがなんとも美しかった。

「あおい」

半歩先を歩いていた蒼也が手を差し出してきた。手を重ねると、彼が恋人繋ぎに指を絡めてくる。

「ひゃ……」

(これって、付き合ってるみたい……)

勝手に緩んでしまう唇を引き結ぶ。恋人でもない人とこんなふうに手を繋いで歩くなんて、初めてだ。

「なんか……ドキドキします」

クスッと笑う声が聞こえて顔を上げると、蒼也が甘い表情で見下ろしていた。

「あおいはかわいいな」

「変なこと言わないでください」

肘で軽く突くと、蒼也が大げさに呻《うめ》く。

「変とは失礼だな。本当のことを言っただけなのに。君の前の彼氏はそういうことを言わなかったのか？」

「そんなの覚えてないですよ」

覚えていないのは、実際に言われたことなんてないからだ。

「『かわいげがない』なら言われたことありますけど……」

フッ、と蒼也が噴き出したため、あおいもつられて笑った。今では友達とのあいだでも笑い話になっているが、口の悪い恋人と付き合っている当時はいつも心で泣いていた。

「ごめん。あんまりサラッと言うもんだから……最後に彼氏がいたのはいつ？」

あおいの手をしっかりと握って蒼也が尋ねてくる。彼の眼差しは真摯《しんし》であたたかく、からかっているわけではないことがわかる。

冷えた風が首筋を吹き抜けた。海沿いは季節がひとつ違うようで驚くが、寒くてもいい気持ちだ。凛《りん》と澄んだ空気に心まで浄化されるような気がする。

「前の人と別れたのはもうずいぶん前です。世話を焼きすぎたせいで『オカンみたいで無理』と言われてしまって……」

「オカン――」

急に目元を押さえた蒼也を見ると、クックッと笑いを堪《こら》えている。

「そんなに笑うなんてひどい」

あおいも噴き出しながら彼の肩を押した。笑いの止まらない蒼也を見ていると、こっちまでおかしくなる。どうやらツボに入ってしまったらしく、ふたりで腰を折ってヒーヒーと笑い転げた。

でも、彼が笑ってくれてよかった。深刻になられたらどうしたらいいかわからなかったところだ。

実はこの話には続きがあって、四年前に別れたひとつ年上の彼は、掃除、洗濯などの家事はもちろん、ごみ捨てまであおいに任せっきりだった。最後には生活費まで貸してくれと言うようになり、挙句『オカンみたい』と捨てられたのだ。

誠実でいいな、と思った人が、付き合ううちに壊れていくのを見るのは悲しい。はじめは馴れてきて素が出たのかと思っていたが、別れてから『自分が世話を焼きすぎたせい』だと気がついた。男をダメにしてしまう都合のいい女。つまりは恋愛に向いていないのだと悟ったのが、恋を諦めた理由だった。

ようやく笑いが収まった蒼也が、あおいを抱き寄せる。こんな人目のあるところで？　と周りを見回すと、息が止まるほど強い力で抱きすくめられた。

「俺はそういう子、好きだよ」

「えっ……」

低く甘い声で囁《ささや》かれ、逞《たくま》しい腕の中、自分の頬《ほお》がしゅんしゅんと熱を持つのがわかった。

なんて嬉しいことを言うのだろう。彼が人たらしなのはもうわかっているけれど、恋人でもない女に軽々しく『好き』だなんて言ってはいけない。

「君は今のままでいいと思う。周りのために自分はいつも一歩引いてる君が俺は好きだ。でも、いつも我慢ばかりしているのはよくないから、俺にだけは甘えてくれ」

「蒼也さん……」

顔を上げた視界に飛び込んできた蒼也の瞳が優しい。いつもの鋭い三白眼は鳴りを潜め、穏やかに弧を描く目元が朝日にキラキラと輝いている。

優しい眼差しでまっすぐこちらを見ている蒼也を、あおいは揺れる瞳で見つめた。

母を亡くしてからずっと胸の奥にこびりついていたものが、潮風にのってふわりと剥《は》がれていく。

甘えてもいい――たったそのひと言で、こんなに安らいだ気持ちになるなんて思いもしなかった。

(こんなこと言われたら、さすがに私もきゅんとしちゃうよ……)

見た目も人柄も申し分ない蒼也に、心までは惹《ひ》かれまいとしていた。それなのに、こんなにもあたたかい言葉をかけられて、『よしよし』なんて優しく頭を撫《な》でられたら、ブレーキをかけていた気持ちに気づいてしまいそうになる。

蒼也がどういう気持ちで優しくしてくれるのかわからなかった。誰にでも同じことを言っているのか、身体の相性がいい相手を繋ぎ止めたいだけなのか。でも、彼のことを嘘つきだとは思いたくない。

あおいの頭を優しく撫《な》でていた手が離れた。

「ちょっと座ろうか。車からレジャーシートを持ってくる」

平らな場所を探してシートを広げた。シートは大人ふたりが並んで寝ころぶことができるくらい大きく、足を投げ出して座れる。ずっとブーツを履いていたから、靴を脱いで休めるのが嬉しい。

あおいは持ってきたグミやチョコレートを広げた。

「本当に遠足みたいだな」

「シートを広げると、ついそういう気持ちになっちゃって」

「わかる。ひとつもらうよ」

「どうぞどうぞ」

蒼也がチョコレートを摘まみ、あおいも同じものを口にした。頬《ほお》を撫《な》でる潮風。ザザーン、と寄せては返す波の音が心地いい。

しばらくは会話することも忘れて、ただボーっと海を眺めた。男性とふたりでいる時に何も話さないと気まずくなるものだが、彼とは不思議とそう感じない。なんのプレッシャーも感じずに一緒にいられる相手なんて、いた試しがなかったのに。

「寒くない?」

蒼也が顔を覗き込んで尋ねてきた。彼も穏やかな顔をしている。

「大丈夫です。蒼也さんは?」

「俺も平気。君とくっついてるから」

蒼也の口角が優しい笑みを作った。海風は冷たいけれど日差しはあたたかく、彼が言う通り、ぴたりと寄り添っていれば寒くはない。

蒼也があおいの肩に手を回して抱き寄せた。自然と彼の肩にもたれかかり、腕に手を絡ませる。

こうしていると心まであたたかくなるのを感じた。蒼也はあおいの髪の匂いを嗅いでいるみたいで、時々彼の呼吸が頭皮をくすぐる。愛しい恋人にでもするみたいに、鼻先と唇を髪にこすりつけているようだ。

(なんだろう……ムズムズしちゃうな)

意識したら胸のドキドキが止まらなくなり、急に居たたまれない気持ちになった。

男性は時々、好きでもない女性に対してもこういうことをしたりする。でもそれは、身体の関係を狙っている時だ。あおいとはすでにそういうことをする仲なのに、どうしてこんなことをするのだろう。

少し離れたところにある岩場に親子連れがやってきて、海岸の潮だまりにいる生き物を観察しはじめた。蒼也もそちらを気にしだしたため、あおいはパッと顔を上げた。

彼の服のポケットの中では、さっきからスマホの通知音が鳴りっぱなしだ。

「もしかして、仕事忙しかったんじゃないですか?」

あおいは尋ねた。夜討ち朝駆けが当たり前の業界ではあるけれど、それにしても土曜の朝なのに連絡が多すぎないだろうか。

彼はくすくすと笑った。

「仕事の連絡じゃないよ。今日は俺の誕生日だから、友達がメッセージを送ってきてるんだろう」

「そうなんですか⁉　お誕生日おめでとうございます！　……あー、知ってたらプレゼント用意してきたんですけど」

「気にしなくていいよ」

彼は笑ったが、今日が誕生日だと聞いて何もせずにいるのは性に合わない。その時、急に名案が浮かんで、パンと手を叩いた。

「じゃあ、今お祝いしましょう！」

いそいそと立ち上がったあおいは、蒼也の正面にしゃがんで腕まくりをし、砂をかき集めた。まずは土台となる背の低い円柱を作る。直径八十センチ、高さは二十センチが目標だ。

時々顔を上げると、戸惑いつつこっちを眺めている蒼也が目に入る。

「蒼也さん、ちょっと後ろ向いててください」

「了解」

彼が体育座りで背を向けるのを見届けて、急いで作業に戻った。時々波打ち際から運んできた湿った砂と混ぜながら、団子状に丸めたものをいくつも作る。それを土台の縁に隙間なく並べ、拾ってきた小枝や貝殻でうまく形を整えた。真ん中にメッセージを書き、小さな貝殻を三十二個並べたら完成だ。

「できた！　もういいですよ」

こちらを向いた蒼也はびっくりしたように目を丸くし、そして破顔する。

「でか！　……へえ、うまいなあ」

立ち上がった彼は、砂でできた巨大なデコレーションケーキを前から後ろから嬉しそうに眺めた。

どうだ、とばかりにあおいは胸を張る。縁を飾るクリームはきちんと絞り袋の溝をつけたし、真ん中に『そうやさん、おたんじょうびおめでとう』の文字も入れた。貝殻はキャンドルの代わりだ。

弟妹が幼い頃、公園の砂場でリクエストに応えていろいろなものを作ったことが、こんなところで役に立つとは。

あおいは彼のためにハッピーバースデーの歌を歌った。手拍子を打ち鳴らしながら、もちろん最後に蒼也の名前を呼ぶ。

あおいがひとりで歌うのを、蒼也は照れ臭そうにして聞いていた。小さく手を叩き、口パクで合わせてくる彼がなんだかかわいらしい。最後まで歌い終えると拍手をしてくれた。

「蒼也さん、お誕生日おめでとうございます！」

「ありがとう、あおい。……うん、こういうの、なんかいいいな」

しみじみとそう言って、蒼也は砂で作ったケーキをためつすがめつ眺める。そんなに喜んでもらえると思っていなかったから、逆にびっくりした。

ケーキをバックにふたりで写真を撮りまくった。大きな貝殻と枝を両手に持ち、ケーキを狙っているところや、カットしたケーキを手に載せて口を開けているところ。スマホの中で笑う彼は、本当に楽しそうだ。

「ケーキだぁ！」

すぐ近くで子供の声がして、ふたり同時にそちらを向いた。岩場の潮だまりにいた幼子がそばに来て、砂のケーキを眺めている。三歳くらいの男の子だろうか。カエルのデザインの長靴を履いて、ちょこんとしゃがみ込む姿がかわいらしい。

「パパ、ママ、ケーキ！　ケーキ！」

指をさしてぴょんぴょんと跳ねる子供のもとに、あおいたちとそう歳の変わらない夫婦が走ってきた。眼鏡を掛けた夫のほうが申し訳なさそうに頭を下げる。

「子供がすみません！　……あ、よかったら写真撮りましょうか？」

「ありがとうございます」

蒼也が父親にスマホを渡して、何枚か撮ってもらった。子供は自分も砂遊びがしたくなったのか、あおいのケーキの隣で砂を弄りはじめた。

「ようちゃん、ほら行こう。邪魔しちゃ悪いよ」

「やぁだ！」

父親が掴もうとした腕を、子供がいやいやをして振りほどく。

「いいんですよ。ね、蒼也さん？」

「もちろん。お父さん、構いませんよ」

蒼也が快く頷《うなず》いたので、あおいは男の子に動物や車を作った。ひとつ作品ができあがるごとに、キャッキャッと声をあげて喜ぶ様子がとにかくかわいい。

十五分ほど一緒に遊んだあと、子供は手を振りつつ両親に連れられて去っていった。視線を感じて隣を見ると、蒼也がじっと見つめている。

「ん？　砂、ついてます？」

手の甲で頬《ほお》を拭うと逆にたっぷりと砂がついた。

「ほらほら」

蒼也が笑いながら払ってくれる。あおいの手が砂だらけだったため、波打ち際まで行って波をよけながら手を洗った。

「私たちも散歩しませんか？　せっかく海に来たんだし」

「そうだな。あの潮だまりに行ってみよう」

ふたりでレジャーシートを畳み、さっきまで親子連れがいた磯へ向かう。

潮だまりの中にはエビやカニ、ヤドカリなどの小さな生き物がうごめいていた。ちょん、と指をつけると蜘蛛《くも》の子を散らすように逃げていく。ふふ、とあおいは笑った。

「かわいい……よく見るとたくさんいますね」

「磯の色と似てるからわかりにくいよな。こんな小さなやつらが普段は荒波に揉《も》まれてるのかと思うと気の毒になる」

しゃがんだ体勢のあおいは、中腰になっている蒼也を見上げた。

「この子たちって、ここに取り残されて大丈夫なんでしょうか？」

蒼也の目元が緩む。

「むしろ餌が豊富だし、捕食されにくい分安全だろう」

「あー、そうかもしれないですね。きゃっ――」

しゃがんだまま移動しようとしたら、急に体勢を崩した。手をつこうとしたところ、後ろから抱きかかえられる。

「大丈夫？」

「は、はい。ありがとうございます」

抱きしめられたまま立ち上がったものの、蒼也はなかなか放してくれない。

（そ、蒼也さん？）

見上げた彼の眼差しがあまりに情熱的だったため、あおいの胸は激しく高鳴った。ぴたりと押しつけられた身体はあたたかく、息が触れるほど唇が近い。腰を抱く手にいっそう力が籠められ、布越しに彼の筋肉の張りがわかるほど密着した。

（まさか、こんなところでキスを⁉）

唇がわずか数センチの距離まで近づいて、あおいは震える睫毛《まつげ》を閉じた。その瞬間、反対側の磯でさっきの家族連れの楽しそうな声があがる。

抱擁の手がパッと緩み、蒼也が離れた。

「悪い……つい」

「い、いえ」

急に気まずくなって彼に背を向ける。人目がなかったらあのままキスをしていただろう。ちょっとホッとしたような、残念なような気持ちだ。

それから波辺でシーグラスやきれいな貝殻を拾い、近くの神社へ向かった。ここは縁結びの神様が祀《まつ》られているらしく、それを知って複雑な気持ちになった。考えてみたら、今日回っているのは完全にデートコースではないだろうか。

だいぶ日が高くなり、葉山まで移動してレストランで食事をした。

マリーナには陸に上げられた大小さまざまなヨットやクルーザーが所狭しと並んでいる。その向こうに広がるのは、まばゆいばかりに輝く静かな海。マリーナからは船が出ているらしく、江の島回りの周遊クルーズへ出ることにした。

中天に昇った日の光に輝く真っ白な船に、蒼也の手を借りて乗り込む。

「船酔いは大丈夫？」

「あんまり乗ったことないですけど、乗り物には強いので大丈夫だと思います」

「それはよかった」

ほかに数名が乗り込み、船は大海原へ駆け出した。船内には椅子やテーブルがあったが、潮風を感じたくて最後尾のデッキに陣取る。海上は寒いからか、ほかの客は船内にいるようだ。

「気持ちいい～」

んーっ、と伸びをして手すりに身を乗り出した。海面で乱反射する光が眩しくて目を細める。

蒼也が穏やかな顔つきであおいの髪を梳《す》いた。潮風に煽《あお》られてあっちこっち乱れてしまっている。

「寒くないか？　船内に入ってもいいんだよ？」

「大丈夫です。外のほうが気持ちいいなって」

蒼也は頷《うなず》いて、あおいの腰に手を回した。

マリーナを出航した船は、鳥居のある小島や灯台を回り、江の島へ向かう。遠くに富士山も見える。都内からそれほど遠くもないのにこうして大自然を満喫できるのだ。やはり来てよかった。

「なんかいいな」

「ですねー……落ち着きます」

コテン、とあおいは蒼也の肩に頭をもたせかけた。すると、蒼也があおいの腰をそっと抱き寄せる。

この無言でいる時間が心地よかった。どこまでも続く青い海をぼーっと眺めていると、心が空っぽになっていく。蒼也も何も言わず、気づけば船はとっくに折り返し地点を過ぎていた。

「何考えてる？」

「はい？」

急に声をかけられてパチパチと目をしばたたく。心がどこかに行っていたようだ。

「めちゃくちゃボーッとしてました。蒼也さんは？」

小首を傾《かし》げると、蒼也がにやりと笑みを浮かべる。

「君にキスしたいと思ってた」

ちゅ、といきなり唇を奪われて、あおいの心拍数が一気に上がった。ちらりと船内を見てみるが、すぐ近くで行われた秘め事に気づく人はいない。

蒼也の胸に手を当て、あおいは目を閉じた。トクトクと胸が静かに音を立てている。やがて彼の唇が迎えにきて、そっとあおいの唇を奪う。

優しく重なった唇が、あおいの上唇を食《は》んだ。何度か吸い立てたあと、今度は下の唇を柔らかくなぞる。腰にあった手がするすると下へ向かい、双丘のあいだの際どい場所を撫《な》でる。

彼は巧みだ。キスをしながらあおいの身体の向きを変え、まさぐっている臀部《でんぶ》を船内から見えないように隠す。

唇の内側の粘膜をくすぐっていた舌が、するりと口内に滑り込んできた。くちゅ、という淫らな音を波の音が消してくれる。どんどん荒くなる吐息も、零《こぼ》れる声も、みんな。

「あおい」

吐息まじりに囁《ささや》きつつ、蒼也があおいの腹部に漲《みなぎ》った男の象徴を押し当ててきた。

「ん……蒼也さん」

こんなところで欲望をぶつけられてもどうすることもできない。けれど、身体は正直に反応している。秘密の園には熱が溢れ、彼を受け入れたいと疼《うず》きはじめる。

蒼也の手が内腿《うちもも》に触れ、あおいはびくりとした。

「ダメ……」

ふにゃふにゃした声しか出なかったけれど、蒼也はちゃんと離れてくれた。それでも諦めきれないらしく、腰を抱き寄せたまま、股間は押しつけたまま。

「あおい……俺」

ベッドの上にいるかのような焦《こ》がれた目つきでそう漏らす蒼也を、あおいは睨みつけた。

「こんなところでダメですよ」

「わかってる」

頭ではわかっていても、やはり身体は正直なのだろう。もう一度あおいをギュッと抱きしめてから、彼はようやく離れた。

クルーズ船がマリーナに着く頃には身体が冷えていた。下船する直前に両頬《りょうほほ》を大きな手で挟まれると、あたたかくて気持ちがよかった。

「冷えただろう。車に戻ろう」

「そうしましょう。もう帰ります？」

蒼也が腕時計を見た。

「そうだな。土産物屋にでも寄ってく？」

「お願いします」

弟妹にお菓子やスイーツを買い込み、自分にもお土産を購入する。詮索されたら困ると思い、会社には何も買わないことにした。

本当は日没までいて相模湾《さがみわん》に沈む夕日を見たかったが、帰りが渋滞するかもしれないため、泣く泣く帰途につく。

帰りの車内は会話も少なく、まったりとした時間が流れていった。時々こっくり、こっくりと舟を漕《こ》いでは、ハッとして蒼也を見る。

それを何度となく繰り返していたらついに笑われた。

「寝てもいいよ。今朝早かったから疲れただろう」

「いやいや、助手席にいる分際で寝るわけにはいきませんよ。……と言いつつ、居眠りしてごめんなさい」

蒼也が笑う。

「よかったら運転する？」

いやー、とあおいは苦笑した。

「大きい車は自信ないので遠慮します」

「じゃ、寝ないように俺が話しかけようか」

「はい！　お願いしま……って、普通は逆ですよね」

蒼也がくすくすと笑った。くしゃくしゃと頭を撫《な》でられる。

「だから君は寝てていいんだって」

「そんなの絶対ダメですよ。あっ、じゃあ、しりとりしましょうか」

そんなわけで、あおいが眠ってしまわないためにしりとりをしながら帰ることにした。現在は磯《いそ》子《ご》のあたりを走っているようだ。

途中、コンビニで休憩を挟みながら都内に戻ってきた。なんだかんだとしりとりは延々と続き、気づけば会社の近くまで来ていた。

「腹減ったなあ」

「そうですね。そろそろ七時になりますし」

信号で停まった際に、いつもの居酒屋が目に入った。あおいが蒼也と初めて会った、あの行きつけの洋風居酒屋だ。

なんとなくふたりともそちらを見て、そしてなんとなく見つめあった。

「空いてそうだな。入る？」

尋ねてきた蒼也に、あおいは少し考えてから頷《うなず》いた。

「腹ぺこですもんね」

「じゃ、行くか」

信号が変わり、近くのコインパーキングに車を停める。この辺は土地勘があるため、ふたりともどこに何があるか手に取るようにわかるのだ。

店内に入った時、見知った顔の店員たちが『おっ』という顔を見せた。あおいと蒼也は別の会社の人間であり、いつもは違うメンツと来ていると知っているからだ。

「俺はビールにしよう」

蒼也がメニューも見ずに言う。あおいはメニューから顔を上げた。

「あれ？　車はどうするんですか？」

「月曜にでも会社帰りに取りに寄るさ。帰りはタクシーで送っていくから。さっきまではのまないつもりだったけど、やっぱり店に入ったらダメだな」

そう言って頭の後ろで両手を組み、伸びをする。

あおいは、ふふっと笑った。

「今日は運転お疲れ様でした。私、電車で帰りますよ？」

「そんなわけにはいかないよ。家に帰るまでが遠足なんだから最後まで送らせてくれ」

店員がやってきて、飲み物のほかに料理をいくつか頼んだ。ふたりとも空腹だったため、選んだのは酒のつまみではなく、ガッツリとボリュームのあるものばかりだ。

ふたり分のビールが運ばれてくると、乾杯して喉を鳴らす。グラスを半分ほど空けた蒼也が上唇についた泡を手の甲で拭った。

「あー、うまいな」

「やっぱり私たちはお酒がなくちゃ始まりませんね！」

「だよな。今日は朝から遊んで充実した一日だったし、俺はすごく楽しかった。あおいは？」

「もちろん楽しかったです！　海はきれいだったし、食事もおいしかったし、クルージングも最高でしたよね」

そのクルージングの最中に、蒼也と目もくらむような情熱的なキスを交わしたのだ。青い海をバックに、頭の芯がとろけるほどのうっとりするような口づけ。普段は落ち着いている彼が、時々あんなふうに夢中になる、そのギャップがずるいと思う。

頼んだものが運ばれてきて、ふたりでそれぞれの皿に料理を取り分けた。隣の椅子に置いたバッグの中でスマホが震える。取り出して画面を確認すると、メッセージを送ってきたのは優愛だ。

［こんばんは～。先輩、今何してます？］

〈出かけた帰りでお酒のんでるよ！〉

ポチポチと画面をタップして返すと、すぐに既読がつく。

「えー、いいなぁ。どこでのんでるんですか？」

〈会社の近くのいつものお店。やっぱりビールうまぁ〉

「え～っ、じゃあすぐ近くにいるんで今から向かいますね！」

「ええっ！」

ガタン、と画面を凝視したまま勢いよく椅子から立ち上がった。

「どうした？」

「それが……優愛ちゃんが近くにいるからここに来るって。ごめんなさい」

怪訝《けげん》な顔をした蒼也にスマホの画面を向ける。蒼也はグラスを片手に画面を眺め、口元をほころばせた。

「知らない人ってわけでもないし、俺は全然かまわないよ。彼女、いつもこんな感じなの？」

「そうなんです。優愛ちゃん、友達の友達みたいな人たちともよくのんでるみたいで、知らない人でもまったく物怖《ものお》じしないんですよ」

あおいは彼女がよく口にする言葉を思い出した。

『だって～、友達の友達とかにハイスペック男子がいるかもしれないじゃないですか～』

あざとかわいく小首を傾《かし》げる優愛の顔が目に浮かぶ。どちらかというと男性には警戒心強めのあおいからすると、彼女の積極性は羨ましいくらいだ。

蒼也に促されて彼の隣に移動した。蒼也と優愛の向かい側に自分がひとりで座るのでは寂しいから、あおいとしてはちょっとありがたい。

隣に座るとよくわかるが、身長高めのあおいから見ても彼の目線はかなり上にある。今日はずっと一緒にいたのに、やっぱりかっこいいな、と思ってしまう。

「とりあえずのもうよ。次、何のむ？」

「えーと、じゃあ梅酒ロックで」

「じゃあ俺も。――すみませーん」

蒼也が手をあげた時、ちょうど店の入り口に優愛が現れた。

「あー、ホントにいた！　せんぱ～い！」

入り口付近で優愛がぶんぶんと手を振っている。いつもかわいらしい服装をしている彼女だが、今日はシックな黒色の襟付きブラウスにハイウエストのミディ丈のスカート、カチッとしたコートを羽織《はお》り、ヒールの高いショートブーツという大人っぽい格好だ。直後に隣に蒼也がいることに気づいたのか、びっくりしたような顔を見せた。

ぴょこっ、となじみの店員に頭を下げつつ、優愛がやってくる。その後ろから見たことのある男性がついてきて、あちらもデートだったのだろうか、と思う。

優愛があおいと蒼也の顔を交互に見て、口元を押さえた。

「やだ、先輩！　なんで蒼也さんといるんですか？　しかも仲良く隣になんて座っちゃって～！」

「優愛ちゃんが来るっていうから席を空けたんだよ」

「あれ？　お前……あー、そういうことね」

優愛と一緒に入店してきた男性を見て、蒼也が驚き、そしてひとり納得する。彼は確か、蒼也と初めて会った晩にあおいの隣に座っていた、蒼也の部下だ。

あおいは男性に正面の席を勧めた。

「こんばんは。笠原《かさはら》さんですよね？　すぐ近くにいたんだ」

「いやあ、はは……。あおいさん、でしたっけ？」

「そうです」

男性はちらりと蒼也を見て、困惑した様子で頭をかいた。抜け駆けしてデートしたうえに直属の上司と出くわして気まずいのだろう。

注文を取りにきた店員にふたりのドリンクと追加の料理を頼んだ。ドリンクが来たところで再度乾杯し、会話に花を咲かせる。

「先輩たち、どこに行ってきたんですか？」

優愛がカルアミルクのグラスを傾《かたむ》けながら尋ねた。先輩たち、と言いつつ視線の先にあるのは蒼也の顔だ。ライスコロッケを皿に取っていた彼が顔を上げる。

「ちょっとドライブにね。優愛ちゃんたちは？」

「私たちは買い物に行ってたんです。笠原さんがお姉さんの出産祝いを一緒に選んでほしいって」

「へえ。よかったな、笠原」

「おかげでいい買い物ができました」

そう言いつつも、笠原の顔色は優れない。

「いいなあ、先輩は。蒼也さん、私ともデートしてくださいよぉ」

優愛が蒼也を上目遣いで見る。彼は余裕のある顔つきでにっこりと笑みを浮かべた。

「もう少し大人になったらな」

「え～、ひどぉい。私もう二十五歳ですよ。蒼也さんと七つしか変わらないじゃないですか」

「俺より七歳も若いのか……！　歳を取るはずだなあ」

「そんなおじさんみたいなこと言って……でもそういうところも好きですよ」

「大人をからかうなよ」

笑いながらロックグラスを傾《かたむ》ける蒼也は、まんざらでもなさそうな表情だ。優愛みたいなタイプの女の子に親しく話しかけられたら、誰だって嫌な気はしないだろう。

(やっぱり美男美女の組み合わせは様になるなあ)

地味で野暮ったい自分では彼の引き立て役にしかならないが、さすがに優愛は互角に張り合っている。というか、完全にお似合いだ。

(優愛ちゃん、蒼也さんのこと狙ってるのかな。あんなかわいい子にアタックされたら、蒼也さんだってほっとけないだろうなぁ)

チクリと胸が痛んで、楽しそうに会話を交わすふたりから目を逸らした。梅酒ロックが残り少なくなり、メニューを見るふりをして耳を傾《かたむ》ける。

「蒼也さんは結婚しないんですか？」

「相手がいればね」

「相手？　私、立候補しちゃおうかな〜」

（さすが優愛ちゃん、グイグイいくなあ）

彼らを微笑《ほほえ》ましく見つめつつも、胸にはモヤモヤが広がる。これは嫉妬だ。交際の申し出を断って、身体の関係だけ、互いの恋愛には干渉しないと約束しておいて、なんて浅ましい。

そんなことを考えていた時、ふと、太腿《ふともも》に手が触れた。あおいが手を下ろすと、テーブルの下で手が繋がれる。

（蒼也さん……？）

ちらりと目を向けると、彼の顔に一瞬だけ蠱惑《こわく》的な笑みが広がった。蒼也は優愛と話しながら、あおいの手を弄ぶ。武骨な指でゆっくりと撫《な》で回し、指の股をなぞり、手のひらをくすぐって……

妙に胸がざわついて身じろぎした。こんなことをされたら、脚のあいだの秘密の場所がトクトクと疼《うず》いてしまう。まるで恋人にするかのような行為に勘違いしそうだ。彼と自分はそういう関係ではないというのに。

「結婚かぁ。そういえば先輩、部長からお見合い勧められてましたよね？」

「へっ」

急に話を振られて、あおいの心臓がドキンと跳ねた。こっそりといけない遊びにふけっていたのを見つかったみたいで、ばつが悪い。

視線を感じて隣を見ると、驚いたような眼差しがこちらを捉えていた。蒼也の目つきがすぐに鋭い三白眼に変わり、握られた手にグッと力が籠められる。

（な、何？）

怒っているみたいな彼の表情に驚きつつ、あおいは質問の主に顔を向けた。

「優愛ちゃん……それ、今聞く？」

「だって、結婚の話で思い出したんですもん。でも、実際どうなんですか？　お相手の方に会いました？」

あおいは一瞬言葉に詰まり、テーブルに視線を落とした。

「まだ会ってないよ。……もう、もう！　この話は終わり！　さ、楽しくのもう。かんぱ～い！」

ほとんど空になったロックグラスを手に、勝手に全員のグラスに合わせていく。テーブルの下で繋いでいた手が離れた。蒼也は何事もなかったかのように、残り少ないグラスをグッとあおる。

あおいはホッとして、穏やかな表情でアルコールメニューを眺める蒼也の横顔を盗み見た。

（よかった。気のせいだったか）

そもそも、見合い話を聞いたくらいで、蒼也ほどの男の心が揺らぐはずがないのだ。

あおい自身、彼とのドライブにときめていたけれど、たった一日一緒にいただけで急速に惹《ひ》かれるなんてありえない。今はまだ冷静になれないだけだろう。

新しいドリンクが運ばれてきて、すっかり雰囲気が戻った。気がつけば、あおいの正面に座った笠原がひとり、借りてきた猫みたいに身を縮こまらせている。あおいは小声で彼に話しかけた。

「ごめんね。デートだったんじゃないの？」

「そのつもりだったんですけどね……」

面目ない、といった様子の笠原は二十代半ばの茶髪の男性だ。優愛の口から彼の話を聞いたことがなかったため、連絡先を交換しているとは思わなかった。

ちらちらと優愛を横目に見ていると、視線を蒼也にロックオンしていた彼女がやっとこちらを向いた。

「どうしたんですか？」

「う、ううん。笠原さんと優愛ちゃん、いつの間にか仲良くなってたんだなーと思って」

優愛の顔に、あおいだけが営業スマイルだとわかる笑みが浮かぶ。

「そうなんですよ〜。笠原さん、いっぱいメッセージくれますし」

「じゃあ、本当はふたりでのみに行くところだったんじゃない？」

「うーん……私は大勢でワイワイのみたかったんですけど、笠原さんが知らない人とじゃ嫌だって言って〜」

仲良くなった、のくだりで浮上したかに見えた笠原の顔が、また残念そうに沈んでいく。

「そっか」

と頷《うなず》きつつ、あおいは視線で優愛に彼との関係を尋ねた。すると優愛は、ぱっちりした目を見開き、顔の前で手を振った。

「えっ？　違いますよぉー、たくさんいる男友達のうちのひとりですって」

隣でがっくりと肩を落とす笠原。優愛を狙っていたのに完全に脈なしということがわかったのか、ビールグラスを一気にあおった。

「それでね、蒼也さん。聞いてくださいよ〜」

優愛がウキウキした様子でテーブルに身を乗り出したため、あおいは苦笑いを浮かべる笠原に同情の目を向けた。

「笠原さん、のもう？　ね？」

こんな時にかける気の利いた言葉をあおいは持たない。女は星の数ほどいるよ、とばかりに、彼に向かってグラスを掲げた。


優愛たちが来てから二時間ほどで会はお開きとなった。時刻は九時半。いつの間にか会計に向かっていた蒼也が出てきて、外にいたあおいたち三人に合流した。

蒼也がさりげなく隣に並び、あおいの手を握る。優愛と笠原はアンティーク調の店の外観の写真撮りに夢中だ。

「蒼也さん、またご馳走《ちそう》になっちゃってすみません。ありがとうございます」

「どういたしまして。……それより、君とキスがしたかったな」

耳元で囁《ささや》かれて、あおいは首をすくめる。

「ダメですよ、後輩がいる前じゃ。ほら、離れて離れて」

「蒼也さ〜ん！　一緒に帰りましょう」

小走りにやってきた優愛が倒れ込むように蒼也にしがみついた。今日は彼女にしては珍しく、いつもより強い酒を口にしていた。酔っているのかもしれない。

あおいは蒼也と繋いだ手をパッと離し、とろけ顔の優愛の肩を支えた。

「蒼也さん、私は大丈夫ですから、優愛ちゃんのこと送ってあげてください」

「ほらぁ、先輩もそう言ってますし。行きましょぉ？」

蒼也の顔が一瞬険しくなった。

「悪いけど、俺たちもう一軒行くから」

「じゃあ私もついていっちゃおうかな～」

「ごめんな。それはまた今度」

ぴしゃりと言われたのが堪《こた》えたのか、蒼也の腕を放した優愛は一瞬真顔になった。しかしそこはさすがなもので、酔っていてもすぐにいつものかわいらしい笑顔に戻る。

「え～？　なんかふたりとも怪しい～！」

「笠原、彼女を頼むよ」

そばに立っていた笠原にそれだけ言い残して、蒼也はあおいの手を引いて走り出した。

「蒼也さーん？　先輩～～!!　もう～～～！」

背中に響く恨み言に後ろ髪を引かれながら、あおいは冷えた空気の中を走る。タクシーで送ると言ったわりに、向かっているのは駅と逆方向だ。今日はもう帰るだけだと思っていたから、あおいも後半は日本酒をたくさんのんでしまったのに。

「ちょ、酔いが回る……！」

「回ればいいんじゃない？　いつかみたいに」

楽しそうに振り返る蒼也の言葉に、あおいはドキッとした。

あの晩テキーラをのみすぎていなければ、今頃こんな関係になっていない。もしかして、これからまたホテルにでも行こうというのだろうか。

裏通りを何本か過ぎたところで、やっと蒼也が足を止めた。

「よし、追いかけてきてないな」

「当たり前ですよ……！　優愛ちゃんだって、ああ見えて結構気が回る子なんだから」

あおいは胸を押さえてハアハアと喘《あえ》いだ。蒼也がまったく息を切らしていないことに感心するやら、苛立ちを覚えるやら。

このあたりは小さな会社や店舗のほかに住宅があって割合に静かだ。人通りも少ない。

やっと息が整ってきた頃、大きな腕にふわりと抱き寄せられた。

「ごめんな。ずっと我慢してたから」

「そ、そうなんですか？　えっと……もしかして、したいとか？」

「なんでわかった？」

「だって」

押しつけられた蒼也の下腹部は硬く張り詰めていて、彼が欲情していることは聞かなくてもわかる。クルーザーに乗っている時もこんな感じだったし、本当はサクッと夕食を済ませて、すぐにでもホテルに行きたかったのではないか。それなのにあおいのせいで優愛たちが来てしまい、計画が狂ったのかもしれない。

蒼也の腰に腕を回し、彼の胸に顔を押しつける。彼は逞《たくま》しくて、あたたかくて、こうしていると不思議な安心感があった。夏の草原みたいな匂いも好きだ。

蒼也はあおいの頭を抱き、髪に口づけを落とした。

「帰したくない」

（えっ……）

思わず見上げた視界に映るのは、焦《こ》がれるような瞳に揺らめく欲望の炎。凛《りん》とした眉に漂う切なさ。力強い眼差しに捉えられて、あおいは動けない。

（もう……なんでそんな目で見るの？）

困惑すると同時に、きゅんきゅんと胸が締めつけられて苦しかった。こんなにも心ときめくのは久しぶりで、自分でもどうしたらいいのかわからない。

一緒にいたいのは山々だけれど、家では弟たちが待っている。

女も三十路《みそじ》近くになれば、もっと自由に生きているのが普通だろう。何をしても、何を食べてもよく、好きな時間に帰宅し、あるいは帰らなくたっていい。

でも、あおいには責任がある。かけがえのない弟妹を母の代わりに守るのは重荷でも負担でもないが、そんなふうに自由に生きられる立場ではないはずだ。

返事を待ってもらっているのをいいことに、悩みに悩んで蒼也から離れた。

「ちょっと家族に電話してみます」

弟にかけた電話のコールのあいだじゅう、あおいは俯《うつむ》いてじっとしていた。こんな女、正直面倒だと思われてもおかしくない。身体だけの関係なら、もっと自由が利く人を選べばいいのに。

コール五回目で繋がった。夕食の片づけでもしていたのかもしれない。

「あ、もしもし。漣？　えっと……今何してた？」

——風呂にお湯張ってた。

「そっか。いろいろやってもらっちゃってごめんね」

——全然いいよ。それで？

「あー……、あの……あのね」

そう言ったきり続く言葉が出てこない。今日一日遊び惚《ほう》けた身で、代わりに家事をやってくれている弟に『外泊したい』とはなかなか言いづらいものだ。

あおいはパッと顔を上げた。

「かっ、楓は勉強してる？　塾の課題がいっぱい出てるって言ってたけど」

——ああ、さっき英語の長文読解がキツいって嘆いてたよ。ていうか何？　そんなことで電話してきたんじゃないでしょ？

「う、うん」

あおいは額を押さえた。『そんなに張りきっちゃって、デートか？』とからかっていた弟はさすがにごまかせないようだ。

「あ、あのね、漣——あっ」

突然スマホを取り上げられ、あおいは後ろを振り返った。夜のネオンを瞳に宿した蒼也が、スマホを耳に当てている。

「こんばんは。お姉さんとお付き合いさせていただいている槙島といいます。弟さんでいいのかな？」

「ちょ……蒼也さん！」

スマホを取り返そうとするあおいの手を、蒼也が優しく掴んだ。

「今日は朝からお姉さんを連れ出して悪かったね。お陰様で楽しかったよ。……いいえ、こちらこそ。それで相談なんだけど、明日の朝まで彼女を借りててもいいかな？」

（んなっ……！）

あおいはあんぐりと口を開けた。実質『これからお姉さんとセックスします』と言われた弟は、どんな気持ちでいるだろう。

「……うん……そうだよな。……君の気持ちはわかるし、俺も同じ考えだ。……はは……それは前向きに検討しておくよ」

向こうの話に耳を傾《かたむ》ける蒼也の顔をやきもきしながら見守った。漣は戸惑っているだろうか。蒼也が相槌《あいづち》を打つ様子から話が弾んでいるのはわかるが、内容が気になって仕方がない。

「わかった。きっと楽しませるから安心して任せてくれ。じゃ、お姉さんに替わるから」

蒼也が渡してきたスマホを、あおいはひったくるように受け取った。

「もしもし……いきなりごめんね、漣」

——大丈夫だよ。それより、槙島さん？　いい人じゃん。結婚しちゃえよ。

「ちょっ……何言ってんの！」

——とにかく、こっちのことは何も心配しなくていいよ。俺、卒論の追い込みでしばらくバイト入れてないから。じゃ。

「あっ、ちょっと……！　漣!?」

スマホの画面を見ると、すでに通話は終了していた。くるりと蒼也のほうに身体を向け、遥か高みから見下ろす三白眼を睨みつける。

「蒼也さん。私、怒りますよ」

「君は弟妹《きょうだい》に謝ってばかりなんだな」

「え……？」

予想外の言葉をぶつけられて眉を顰《ひそ》める。射貫《いぬ》くような蒼也の眼差しが痛い。言われてみればその通りで、弟妹に対しては枕詞のように『ごめん』という言葉が口を突いて出る。

彼の強い視線から逃れたくて目を逸らした。

「実際に迷惑をかけているわけですから、仕方ありません」

「違うな。迷惑だなんて彼らは思ってないだろう。もっと弟妹《きょうだい》を信用してあげたらどうだ？」

「だからいきなり電話を替わったんですか？」

真顔の蒼也が、デニムパンツのポケットに両手を突っ込み、背筋を伸ばす。

「そうだよ。こうでもしないと君は自由を手に入れられないだろうから」

ズキンと胸がえぐられるような痛みに、それきりあおいは何も言えなくなった。彼とはまだ出会ったばかりなのに、これまで生きてきた軌跡や、心の中までもが見透かされているようだ。なぜか胸が苦しくなって、喉の奥が詰まった。

「あおい」

くしゃりと頭を撫《な》でられて、急いで目をしばたたく。ここで泣いたら本当に面倒な女だと思われてしまう。

「漣君だっけ？　すごくしっかりした弟さんじゃないか」

「あ……」

あおいは鼻を啜《すす》って顔を上げた。

「弟は、なんて言ってました？」

蒼也は、うーんと首を捻ったあと、パッとこちらを見た。

「思い出した。『全然オッケーっス！　なんならこのまま嫁にもらっていただけると、なおありがたいので！』……なんて言ってたな」

弟そっくりなものまねに、あおいは噴き出した。

「やだ。あの子、そんなこと言ってたんですか？」

「うん。物怖《ものお》じしないんだな」

先ほどとは打って変わって、蒼也もいつもの穏やかな顔つきに戻っている。

あおいは冷えた夜の空気を胸いっぱいに吸い込み、くるりとターンした。

「弟は小さな頃からひょうきんで人懐こい子なんです。妹も明るくて元気な子なんですけど、今は大学受験の追い込み時期で、ちょっとピリピリしてて……」

「君の妹は、姉が多少遊び歩いているだけでやる気をなくす子か？」

あおいはムッとして振り返った。

「それは絶対にありません」

互いの腹がくっつくほど近づいて、蒼也を見上げる。

「妹の楓には看護師になるっていう夢があるんです。真面目で頭がよくて、成績もずっと上位でした。今だって私が何も言わなくても、志望校目指して毎晩遅くまで勉強してます」

「それなら君が少しくらい自由にしていても何も問題はないだろう」

手を伸ばそうとした蒼也からさりげなく逃れ、彼に背を向ける。

「そうなんでしょうか。漣も楓も、もう子供じゃないんだから気にしなくていいと言ってくれるんですけど、それでも母代わりとして、できる限りのことをやってあげたくて……」

「君を縛りつけてるのは君自身だと俺は思うよ」

背中に響く低い声にハッとした。胸の鼓動が不穏な音を立て、頭を硬いものでガツンと殴られたようだった。

（自分を縛りつけている？　私が？）

漣と楓を母親の代わりとして心配するのは当たり前で、それを枷に感じたことなど一度もなかった。だいいち、そんなふうに思ったらふたりが悲しむではないか。

身体の脇で両手を握りしめる。

「私……自分自身が子供だった時からこうだったのでわかりません」

口にした直後、後ろから大きな腕でふわりと抱きしめられた。

その瞬間、あたたかくて大きな翼で心まで包まれたように感じた。冷えた耳に蒼也が頬《ほお》ずりをする。身体を痛いほど抱きすくめられ、髪に、耳にそっと吐息のキスが落とされた。

「俺だけには甘えろ、って言ったろ？」

「蒼也……さ……」

また込み上げてきた涙でくぐもった声が、夜のとばりの中に溶けていく。昼間かけてもらった嬉しい言葉を、忘れるはずがない。けれど、長年ふたりの母親代わりとして過ごしてきた歳月が、あおいを籠の中に閉じ込めていた。

人間、そんなに急に変われるものではないだろう。でも、今夜は一歩を踏み出してみたい。そのために蒼也が動いてくれたのだから、彼の気持ちに応えたいと思った。


タクシーで向かったホテルの部屋に着くなり、あおいと蒼也はもつれあうようにして玄関に転がり込んだ。獣みたいに獰猛《どうもう》な口づけを交わしつつ、互いの身体を服の上からまさぐり合う。上着を脱ぐ時間も、スイッチにカードキーを入れる時間すらも惜しくて、暗いままの廊下で愛し合う。部屋の奥にあるガラス窓から差し込むネオンの明かりだけが頼りだ。

「ん……ンはっ……んぅっ……」

大きくて武骨な手が、あおいのボアフーディの上からバストを揉《も》みしだいた。時々指先がバストの頂を潰す。それがなんとももどかしくて、太腿《ふともも》をこすり合わせてしまう。

「壁に手を突いて」

蒼也が耳元で囁《ささや》き、自身のジャケットを脱いで廊下の端に放り投げる。

ボアフーディを脱ぎ落としたあおいは、蒼也の言う通り両手を壁に手を突いた。すぐに後ろから抱きしめてきた彼が、あおいのニットの裾から両手を差し入れる。

「あ……ふ……ッ」

ブラジャーの上から乳首が弄ばれると、じんとした甘い痺《しび》れが駆け抜けた。心地いい反面、もどかしくも感じる。自然と腰が後ろに突き出てしまい、早くも彼の剛直を欲しがっているみたいで恥ずかしくなった。

「早く入りたい……」

蒼也の呼吸がもう荒い。彼の股間がちょうど双丘のあいだの谷間にフィットして、あおいの胸は否応なく高鳴った。

「は……んっ……もしかしてここで……？」

「するよ。もう我慢できない」

後ろから回された蒼也の手が、あおいのデニムパンツのボタンを外した。ファスナーを下ろされ、デニムが引き下ろされて、自分から足を抜いた。スッと冷えた空気が肌を撫《な》でたが、蒼也の手がするすると撫《な》でると、ぬくもりが伝わる。

息を荒くした蒼也が、ショーツのラインにねっとりと指を這《は》わせた。

「いやらしい下着だな」

「ふ、んんっ……」

レースの布越しに感じる豆だらけの手の感触に、ぞくりと腰が震える。散々売り場をうろついた挙句ようやく買った白いショーツは、両サイドが紐《ひも》になっており、申し訳程度に総レースの身頃がついている。

「もしかして俺のこと考えて買ってくれた？」

耳元で吐息まじりに囁《ささや》かれると、きゅんと蜜洞が疼《うず》いた。こくりと頷《うなず》く。背後でベルトを外す音。衣擦れの音がしたのち、ほとんど素肌に近い臀《でん》部《ぶ》の谷間に熱いものがはまった。

「これ穿いて俺に触られるところ、想像した？」

「う……」

「俺の手がこのレースの向こうで動いてるところとか、脇から俺が出たり入ったりしてるところとか」

レースのショーツの谷間に押しつけられた蒼也の肉杭が、びくびくと激しく脈打っている。秘裂からじゅんと蜜が零《こぼ》れ、ショーツを濡《ぬ》らすのがわかった。

そういうことをまったく想像しなかったといえば嘘になる。今日は何があってもいいように準備をしてきたし、こういうシチュエーションも実際に想像した。

ショーツのウエスト部分から差し入れられた指が、柔らかな丘と下草をくすぐる。期待に胸がドキドキする。女の身体でもっとも敏感な蕾《つぼみ》のすぐ上が焦《じ》らすように撫《な》でまわされ……そして無情にも手が引き抜かれた。

「いやぁん……」

思わず腰を揺らした。散々焦《じ》らされた挙句にこれだ。あおいのそこはもうびしょびしょなのに、ショーツだけ濡《ぬ》らしていなくなるなんてズルい。

「触ってほしい？」

蒼也が意地悪な声で囁《ささや》く。あおいはこくこくと頷《うなず》いた。

「じゃ、ちょっとこっちに来て」

腰を掴まれて廊下の反対側の壁のほうを向かされた瞬間、パッと玄関の明かりがついた。眩しくて両手で顔を覆う。少し慣れて目を開けてみると、クローゼットの扉につけられた大きな鏡の前だった。

半袖のニットとキャミソールを脱がされたあおいは、揃《そろ》いのブラジャーとショーツだけになった。ブラジャーはやはりカップのほとんどがレースでできており、トップの部分には薄桃色の乳首が透けて見える。ショーツの小さな三角形のレースの向こうにも、薄い下草があるのがわかった。

これまでにしたことがない大胆な格好に、全身から火が出そうだった。付き合ってもいないのに、奥手の自分がよくこんな下着を買ったものだと思う。

あられもないあおいの格好に対して、蒼也はシャツはおろか、まだデニムパンツも脱いでいなかった。けれど、太腿《ふともも》まで下ろしたデニムから覗くボクサーショーツの中心部の様子から、今彼がどれほど興奮しているかが手に取るようにわかる。

蒼也が後ろから抱きしめてきて、彼のその中心部が腰に押しつけられた。あたたかくて、この上なく硬い。一刻も早く彼が欲しくなった。

「きれいだよ……」

平均よりも二サイズくらい大きいあおいのバストが、男性的な手で下からすくい上げられた。レースの上から頂をこすられて、あおいは身体を震わせる。

「あ……は」

目を閉じて腰を揺らすと、押しつけられた肉杭がビクンと反応した。

たわわなふくらみがブラジャーの上から引き出された。下から押し上げられた薄桃色の先端がツンと上を向き、それを指で弾かれる。

「ん、んぁ……あ」

鏡に手をつき、自分の姿は極力見ないようにして身体を揺らす。脚のあいだがムズムズして堪《たま》らない。早くそこに触れてほしい。いたぶってほしい。

足元に蒼也がしゃがんだ。何をするのだろうと戸惑っていると、片足が持ち上げられる。

「しっかり両手をついているといい」

彼は下から見上げてそう言い、舌を出した。

「待って、シャワー浴びないと」

「待てないよ」

「ひぁっ」

クロッチの中心に舌先が押し当てられた瞬間、電流が走ったように身体が震えた。必死に鏡にしがみつく。蒼也は鼻を押しつけて匂いをかいだり、敏感になった花芽を舌で突いたりしてくる。

「エロすぎ……もうびしょ濡《ぬ》れだよ」

彼はあおいの踵《かかと》をシュークローゼットの上に引っ掛けて、クロッチを指でずらした。あまりの興奮に花弁がヒクついているのが自分でもわかる。脚のあいだにある蒼也の顔も、持て余した欲望のやり場に困っているみたいに眉が寄り、鼻腔《びこう》が広がっていた。

「ひゃ……あ、あ、あんッ……！」

ちろ、と舌先で秘裂を舐《な》め上げられて、太腿《ふともも》がビクビクと震えた。羽毛のような柔らかな舌遣いで、花弁の内側を下から上へ、下から上へと繰り返し舐《な》めてくる。

舌先が花芽に触れた時は、思わず大きな声が出てしまった。きっと真っ赤に膨れて硬くなっているのだろう。上にかぶさった皮膚を蒼也が指で押し上げているため、余計に堪《たま》らない。

「む、無理……あ、ああんっ……それ、ダメぇ」

「気持ちいいって言いなよ」

蒼也が力強い三白眼で見上げてくる。彼が舌を離すと、つうっと糸が掛かった。

「は、恥ずかし……ひぅッ」

「だからいいんだろう？」

かえって蒼也の気持ちに火をつけてしまったのか、愛撫《あいぶ》が激しくなった。彼の舌が、触れるか触れないかといった圧力で素早く秘核の上を往復し、指が蜜口をくすぐる。指が中に入ってきたらもうダメだった。武骨な長い指がくちゅくちゅと内壁を撫《な》で、快感が一気に膨れ上がる。

「あ、あ、はッ……イくっ……んアッ」

あおいは自ら腰を振りながら達した。立っているせいなのか、背徳感のせいなのか、いつもより絶頂感が強い。立ち上がった蒼也が身体を支えてくれたが、中に残された指の動きは止まらない。

「はンッ、あ、ちょ……あぁんッ」

蒼也の指を、蜜洞がぎゅうぎゅうと締め上げる。

「やば……すげぇ興奮する」

指が引き抜かれ、蒼也が後ろから抱きすくめてきた。いつの間に脱いだのか、すぐに屹立《きつりつ》したものが太腿《ふともも》のあいだに差し込まれる。芸術的な凹凸《おうとつ》を持つ塊が、未《いま》だヒクヒクと痙攣《けいれん》を続ける泉のほとりを撫《な》でた。

「もう限界……入っていい？」

達したばかりで敏感になった谷間をこすられ、あおいは甲高い声をあげた。返事をすることもできないうちに、蒼也が脚のあいだから出ていった。避妊具をつけて戻ってくると、すぐにクロッチの脇から屹立《きつりつ》の先端がねじ込まれる。

重量感のある熱い塊が、みちみちと音を立てて隘路《あいろ》を突き破った。息が止まりそうなほどの存在感、圧迫感。あおいは目を白黒させる。

「ひゃ……あ、待って、もっとゆっくり……、ん、んんっ――」

「きっつ……この体勢のせいかな」

あおいにとって、立って後ろからするなんて生まれて初めてだ。やけに敏感で、淫らな気持ちなのはそれが理由だろうか。

「大丈夫？　痛くない？」

「大丈……夫」

隙間なくみっちり詰まった感じがむしろ心地いい。

両方の乳房がブラジャーから引き出され、後ろから回された手で激しく揉《も》みしだかれた。

蒼也が抽送を始める。ゆっくりと腰を引き、一気に突き入れて、また腰を引き、一気に貫く。

「は……あ、ああっ……んっ、んッ……」

抽送のスピードはすぐに速くなった。ぱちゅん、ぱちゅん、という卑猥《ひわい》な音に合わせて、内壁がごりごりと抉《えぐ》られる。ひとストロークごとに喘《あえ》ぎが零《こぼ》れる。少しきついくらいの彼の昂《たかぶ》りが、入り口から奥まですべての箇所に快感を刻みつけていく。

「はぁん……ッ。すご……っ、なか、気持ち、いいッ……！」

鏡に顔がくっつきそうなくらいに腰を突き出しつつ、あおいは叫んだ。背中にぴたりと身を寄せた蒼也が、うなじのあたりで吐息まじりに呻《うめ》く。

「俺も気持ちいいよ。君の中は熱くて……吸いついてくる」

蒼也があおいの片方の太腿《ふともも》を持ち上げたため、結合部がよく見えるようになった。レースのショーツのクロッチの脇から、彼の剛直が出たり入ったりしている。ぬらぬらと黒光りするそれは、太い血管が浮き出ていて、筋張っていて、まるで棍棒《こんぼう》みたいだ。

「う……んん……ッ」

（エッチすぎる……）

恥ずかしいのに目が離せない。視界の端には、ぷっくりと膨らんだ乳首がごつごつした指で嬲《なぶ》られる様子が映っている。昂《たかぶ》りを出入りする様を見つめたまま、できるだけいいところに当たるようにと腰を動かした。

「よく見えるだろ？」

あおいの視線に気づいたのか、蒼也がにやりと唇の端を上げる。その顔がなんとも色っぽくて、思わずきゅんと彼自身を締めつけた。

「ものすごく……エッチです……んァっ！」

パンパンと音が鳴るほど激しく貫かれる。

「興奮しちゃったんだ」

矢継ぎ早の抽送に声も出ない。こくこくと頷《うなず》くと蒼也があおいの手を取る。

「そこに触ってごらん」

手を引かれるまま、ふたりが結びついた箇所に指で触れた。濡《ぬ》れそぼった泉の両脇に指をあてがうと、硬く張り詰めた剛直が出たり入ったりしている。その淫らな感触にドキドキと胸が高鳴った。

興奮が急激に高まったところで、律動がぱたりとやむ。

「蒼也……さん？」

あおいの肩に腕を巻きつけた彼が、耳に唇を寄せた。

「ねえ、見合いの相手ってどんなやつ？」

「え……？　そ、そんなこと……今聞きます？」

「教えてよ。本当はもう会ったの？」

あおいは眉を顰《ひそ》めた。

「まだ会ってませんよ。その話を持ってきた部長の甥御《おいご》さんというだけで、どんな人かもわかりません」

「そうか」

「ああッ――」

ズン、といきなり貫かれて、喉から鋭い嬌声《きょうせい》が迸《ほとばし》る。蜜洞がギュンと剛直を締めつけた。彼が何を言いたいのかわからず困惑しているのに、身体は素直に快感を拾う。

「そいつと会うつもりなの？」

蒼也が耳たぶを甘く噛《か》んできて、くすぐったさに呻《うめ》いた。

「ちょ……蒼也さん？　ひゃっ」

肩を抱いた状態で耳殻を、耳の裏側を、そして中まで舐《な》めつくされて、首をすくめてしまう。彼は興奮しているようだ。

「会うなよ」

「んアッ」

「君は乗り気なのか？」

「乗り気なんかじゃな……あッ、はぁんッ……んぁあっ――」

パンパンと音が鳴るほど激しく奥を穿《うが》たれて、あっけなく絶頂を迎えた。本当に彼が何を言っているのかわからない。互いの恋愛には干渉しない約束なのに。それも、セックスの真っ最中に突然見合いの話を振るなんて。

するりと蒼也が出ていき、余韻を味わう間もなく横抱きにされた。身体の痙攣《けいれん》が止まらない。そのまま部屋まで運ばれて、きれいにメイキングされたベッドに横たえられる。

うつ伏せにされると、すぐに蒼也が覆いかぶさってきた。腰を引き上げられ、達したばかりで腫れぼったくなった洞に剛直が突き入れられる。

「う……ふ、んぅっ……！」

すぐに始まった激しい律動に耐え兼ねてシーツを握りしめた。蜜壺がきゅんきゅんと疼《うず》く。

蒼也はありあまる欲望をぶつけるがごとく激しく腰を振った。レースの上からヒップをまさぐり、鷲掴みにし、揉《も》みしだく。

身体を支えられなくなったあおいはぺしゃんこに潰れたが、そのせいで余計にいいところに昂《たかぶ》りが当たるようになった。腹の裏側を鋼鉄みたいに硬いものに抉《えぐ》られ、絶え間なく喘《あえ》ぎを零《こぼ》す。

「あ、ああっ、ハっ、んあ……アッ、イキそう！　イッちゃう……！」

目の前に火花が散って、あおいはまた絶頂を迎えた。一瞬意識が飛んだ気がする。

蒼也も同時に達したようだ。強い興奮のためか、彼は一度だけ深いため息を漏らして身体の奥に精を解き放つ。膨れ上がった胎内で跳ね回る剛直の、なんと気持ちのいいことか。身体だけでなく、心までも満たされる。

いつの間にかシャツの前をはだけた蒼也の胸が、背中に触れた。彼はうっすらと汗ばんでいるようだ。

「あおい……あおい……」

肩甲骨のあいだに低い声が落ちた。その息遣いは獣みたいに荒く、あおいの手をシーツに縫い留める力が痛いほど強い。

彼は一度出ていったが、またすぐに戻ってきた。腰を立てられてすぐに侵入してきて、律動を始める。

「は……あッ！」

滾《たぎ》り切った熱いものを受け入れた途端に、蜜洞がキュッと締まった。強欲な洞が、蒼也から子種を搾り取ろうと執拗《しつよう》に絡みつく。

蒼也は背後からあおいの両手首を引っ張り、パンパンと音が鳴るほど激しく楔《くさび》を打ち込んだ。彼の口から喘《あえ》ぎ声のようなものが漏れている。男性も声を出すのだと初めて知った。

「あっ、ああッ、はっ、あンっ、まっ……激しぃッ」

「ああ……あおい……君の中は、トロトロだ」

「ひ、あっ、あ……あ」

自分の身体を支えていられずに、あおいはシーツに突っ伏した。引っ張られていた手が解放されたと思うと、今度は下腹部に手が潜り込んでくる。

「ひゃあんっ」

指が下草を捉えた瞬間、雷にでも打たれたような強い刺激に貫かれた。中からと外からと同時に攻められたらもうダメだった。急激に高まった快感に引きずられるようにして、絶頂を迎えた。

「ふ……ッ、う、う……もう……無理」

蒼也の手を太腿《ふともも》で強く締めつけて、びくびくと身体を震わせる。それでも彼の指は器用に秘核を探り当ててくすぐってくる。

「ひゃ……あ……ダメ、弄っちゃダメ……っ」

「あおい……かわいいよ」

背中を舌が這《は》い、びくんと身体を揺らす。

大きな手が乳房を押し包み、やわやわと揉《も》みしだいた。胎内では圧倒的な存在感を放つ塊が、子宮の入り口を甘く突いている。

そこをトントンと優しく叩かれると、また身体の奥から快感がせり上がってくるのを感じた。これ以上はイけない、そう思っていたのにもう甘いのだ。

これまでに味わった快感を凌駕《りょうが》するほどの心地よさに、頭の中がとろけそうだった。すぐに達するのはもったいない。このまま甘美な誘惑を味わっていたいと感じさせるほどの。

「あッ、は、んアっ、あ……ッ、そこ、すごく気持ちいい……！」

バストを弄ぶ手を上から握りしめる。はっ、はっと呼吸を繰り返す。目の前がチカチカして、蜜洞が絞られるような感覚があった。

「ああっ、イク……イクッ、んああッッ……！」

これまでで一番大きな嬌声《きょうせい》をあげながら、身体の奥底から湧き起こる絶頂に包まれる。まるで全身から悦《よろこ》びの声があがるような強い快感だ。びくびくと手足が震える。頭がくらくらする。

しかしそれで終わりじゃなかった。

「やっ、ああ、あ……ッ、待って、また……！」

シーツを握りしめて歯を食いしばった。こんなにすぐに達するものだろうか。いや、そうではなく、連続でイき続けているのだ。

「すげえエロい……そんなに何度もイッて」

背中に零《こぼ》れ落ちる蒼也の声も甘い。彼が少し腰を揺らすたびに、あおいは何度でも達した。しまいには意識が途切れがちになり、絶頂に達する寸前で目が覚める始末。

それを何度か繰り返したあと、汗ばんだ肌できつく抱きしめられて覚醒した。気づけば律動が止まっている。

「蒼也……さん？」

「あおい……俺もダメだ」

弱々しい声を出す彼に、胸の奥がキュンとした。あおいのために頑張って、頑張って、頑張り果てたのだろう。バストを包む彼の手を握る。

「蒼也さんも、一緒に」

「うん」

低く唸《うな》るように応じて、蒼也は腰を目いっぱい引いた。さっきの奥深い場所への小刻みな刺激もいいけれど、ダイナミックなストロークはやはりいい。数度こすられただけで、絶頂の兆しが身体の奥に膨れ上がった。

「は……あ、あッ……、蒼也さん、イクっ……」

「俺も……あおい、あおいッ」

剛直が胎内で激しく暴れ回って、ふたり同時に達した。互いの唇から、深く、長いため息が零《こぼ》れ落ちる。あまりの心地よさと脱力感に意識が遠ざかっていくのを感じたが、その寸前に確かに聞こえた。

「あおい、君が好きだよ」と。

3

「土曜日の夜は先輩のいるお店に行って助かりましたよ～。しつこく迫られて困ってたんです」

「笠原さんに？」

「そうです。雰囲気のいいバーがあるからのみに行こうって、もうしつこくて～」

月曜のランチタイム、あおいは優愛に誘われて職場の近所にあるイタリアンレストランで昼食をとっていた。ランチセットのサラダとクリームパスタを平らげ、食後のコーヒーが運ばれてきたところだ。今朝は出社してくるなり優愛に腕を掴まれて、『今日は絶対に一緒にランチしましょうね！』と凄まれたのだった。

コーヒーをひと口啜《すす》って、あおいは優愛を見た。

今日の彼女はいつもと違って髪をアイロンでストレートに伸ばしている。守りたくなるような細い肩に、血色のいいツヤツヤの肌。ふっくらと柔らかそうな唇はサクランボみたいだ。珍しく黒色のニットを着ているものの、袖にかわいらしいファーがついているのが彼女らしい。落ち着いたハイウエストのフレアスカートにショートブーツという格好は、清楚《せいそ》系がコンセプトだろうか。

笠原のことはあまりよく知らないが、悪い人ではないという印象を持っている。それでも、優愛みたいなモテ女子のお眼鏡にかなうのは大変だということだろう。

「でもさ、いつの間にそんなに仲良くなってたの？　全然知らなかったよ」

あおいが尋ねる。優愛は両手で摘まんだカップを顔の前に掲げて口を開く。

「仲いいとは思ってませんよ。それに話題に出すほどの相手でもなかったし」

「そうなの？」

うん、と優愛はマスカラののった睫毛《まつげ》を瞬《またた》いた。

「最初に会った日に連絡先を交換したんです。でも、それって特別なことじゃないですよね。なのに気があるって勘違いされちゃったのか、あれから毎日誘ってきて」

「そうなんだ。ふたりで会ったのは土曜日が初めて？」

カップの中をスプーンでくるくるとかき混ぜながら、優愛がこくりと頷《うなず》く。

「やんわりと断り続けてたら、お姉さんの出産祝いを買わなきゃいけないから付き合ってくれ、って言われて」

「へえ、笠原さん、どうしても優愛ちゃんと話したかったんだね」

あおいは、ふふと笑った。周りがそうとは気づかぬうちに、水面下で事が進んでいるのが面白い。

「それはそうと～……先輩たちはあの日完全にデートだったんですよね？」

「わっ」

突然話の矛先がこちらに向いて、カップを落としそうになった。優愛から視線を外し、少しだけ零《こぼ》れたコーヒーをおしぼりで拭く。

「えーと、デートっていうか、お出かけ？」

「それをデートって言うんですよ、せ、ん、ぱ、い」

「ま、まあ……」

あおいはしきりに前髪を弄った。

「でも、先輩がデートだと思ってないんだったら、私にもチャンスあるかな～」

（ナヌ？）

カップを両手で持ち、宙に視線を預ける優愛を見つめる。

「もしかして優愛ちゃん、蒼也さんのこと気になってるの？」

「そりゃそうですよ！　彼、かっこよくないですか？」

「そ、そうかな」

「ええ～、あれは誰が見てもイケメンでしょう。先輩、男の人に興味ないですもんね」

「え……う、うん」

なかなか辛辣《しんらつ》な意見だ。素直に蒼也のことを素敵な人だと認めればよかった。そのことは優愛よりもあおいのほうがよく知っている。

優愛は探りを入れるように、上目遣いにあおいを見た。

「念のため聞きますけどぉ、付き合ってないんですよね？」

「も、もちろんだよ……！　私なんかが釣り合うわけないし」

あおいは顔の前でぶんぶん手を振る。優愛が疑いの眼を向けてきた。

「釣り合う？　先輩、蒼也さんのこと好きなんですか？」

「すっ……好きなわけないじゃん」

「な～んだ。よかった。じゃ、応援してくれますよね？」

小首を傾《かし》げてパチパチと瞬《まばた》きする優愛の顔を、あおいは見つめた。悪い予感とはどうしてこうも当たるのだろう。優愛みたいな子にアタックされたら、誰だってふたつ返事で首を縦に振るに決まっている。

「も、もちろんだよ……！」

努めて明るく言って、まだカップに半分ほどあるコーヒーを一気にのみ干した。少し声がかすれてしまったけれど、きっと気づかれなかったと思う。蒼也みたいなイケメンには、優愛のような小柄でかわいらしい女性がお似合いなのだ。

その週の金曜日、山田氏の案件の正式な見積書ができたので、部長の楠本と一緒に訪問することになった。あれから楠本は何かとこの案件を気にかけるようになり、確かに助けられもしたが、周りに人がいないところでは毎度見合いの話を持ち出され、うんざりもしている。

『近々声をかけるから予定を空けておくように』と言われたものの、今のところは何もない。先方とアポイントが取れていないのだろうか。それならそれで助かるけれど。

山田邸では所有者である山田氏本人とその奥方、それと銀行の担当者にも同席してもらった。見積りの反応は上々、息子も交えて家族会議にかけてみる、という言葉を引き出せた。

「では、家族会議の場にもし必要であればお呼びください」

帰り際に玄関先で頭を下げると、山田氏と奥方が後ろで話を始めた。楠本と顔を合わせつつしばらく待っていると、話を終えた山田氏がこちらを向く。

「実は、息子が夜こっちに来ることになってるんだよ。本当は今朝来る予定だったんだけど、急用が入っちゃってさ。もしよかったら、もう一度夜に来てもらえないかな？」

あおいは、ぱあっと顔を輝かせた。

「喜んで同席させていただきます！」

「では、私も」

そう言って隣で腰を折ったのは楠本だ。あおいは上司の顔をちらりと見た。できるだけふたりきりになりたくない相手ではあるけれど、この案件がいよいよ大詰めを迎えた今、やはり隣にいてもらったほうが安心できる。

またのちほど、とあおいは深々とお辞儀をし、玄関先で見送る山田夫妻と別れた。

「うまくいきそうでよかったな」

「はい、部長」

「ま、これも私の営業力があってこそだけどな」

「ありがとうございます」

でっぷりとした腹を主張するかのようにふんぞり返る楠本に、あおいはにこやかに頭を下げた。

彼はただ隣にいてあおいと山田氏の言うことに相槌《あいづち》を打っていただけだと思うが、そんなことを口に出せるはずがない。


「ただ今戻りました」

会社に戻ったあおいは、ウキウキした気分でホワイトボードの行き先を消し、デスクに向かった。

営業カバンを整理したのち、コーヒーを入れようと給湯室へ向かう。すると、あとから優愛がついてきた。

「先輩、お帰りなさい」

「優愛ちゃん、ただいま」

自分のマグカップを食器棚から取り出す。

「山田さん、どうでした？　契約取れそうですか？」

優愛がコーヒーサーバーにカップをセットしつつ、あおいのためにスプーンとミルクを用意してくれる。

「ありがとう。なんかいけそうな気がするよ。今夜もう一度訪問して詰めてくる。息子さんが来るから家族会議に同席してほしいって」

「すごーい！　おめでとうございま〜す」

わー、と小さく拍手する優愛がかわいらしい。

「その拍手は今夜まで取っておいて」

「え〜、でも私今日予定があるから、先輩の帰りを待ってられないですぅ」

「あれ？　デート？」

からかい半分に尋ねたのに、後ろで手を組んだ優愛は、逆にからかい返すみたいな笑みを浮かべて身体を揺らした。

「どうしようかな〜、言っちゃおうかな〜」

「なぁに？　じれったいなあ」

あおいはクスクスと笑う。

「実は……」

コショコショ、と耳元で告げられた言葉に、あおいは心臓をキュッと掴まれた気持ちになった。

優愛の服装を上から下まで一瞥《いちべつ》する。

言われてみれば、今日の彼女は胸元が開いた黒色のフレアワンピースという大人びた格好をしている。普段の彼女の路線とはだいぶ違うけれど、さすがはかわいらしい優愛のこと。とても上手に着こなしている。

「へ、へえ～、それでおしゃれしてるんだ。すごく似合うよ」

一瞬変な間が空いてしまったことに気づき、慌てて取り繕う。

『今夜、蒼也さんとデートなんです』——彼女はそう言ったのだ。

「ええ～、すごく似合うとか、蒼也さんに言われた～い！　先輩？　邪魔しないでくださいね」

優愛が上目遣いに長い睫毛《まつげ》をしばたたく。あおいは乾いた笑みを浮かべた。

「今夜は山田さんの家族会議に出席するから、どっちにしても行けないよ」

「そうですよね。安心しましたぁ」

「応援してるから。頑張って」

優愛が出ていくと、コーヒーが満たされたマグカップを手に、あおいはひとり給湯室で立ち尽くした。ドアのすぐ横の壁に寄りかかり、額に手を当てる。

応援してる、なんてカッコイイことを言ったくせに、胸の中にはまたあのモヤモヤが立ち込めていた。優愛と話している最中、まんざらでもなさそうだった蒼也の様子からすると、言い寄られたらすぐに首を縦に振るだろう。そうなったら、自分のことなんて放っておくに決まっている。

ドライブデートの後に行ったホテルで、眠りこける寸前に耳にした彼の言葉を思い出す。

『あおい、君が好きだよ』

あの時はそう言われたと確信していたが、何せ寝落ち寸前だったから聞き間違えたのかもしれない。心にある希望がそう聞かせたのかもしれない。

どちらにせよ、優愛のデートの誘いを受けたのだからそういうことなのだろう。彼にとって自分はセックスをするための相手。前の恋人の時と同じで、都合のいい女なのだ。

山田氏への再訪問は大成功で、後日、正式に契約を交わしてもらえることになった。

本当は祝杯を挙げたいところだが、諸手を挙げて喜べない自分がいる。一緒に祝ってほしい人は優愛とデートの真っ最中で、もしかしたらそのままホテルへ……ということになっているかもしれない。

何度もスマホのメッセージアプリを開いたが、蒼也からも、もちろん優愛からもメッセージは入っていない。ベッドに入ってからもバイブ音が聞こえた気がして何度も飛び起き、画面を見てはスマホを投げた。

そうしてまんじりともしないまま夜が明けたのだった。

＊

都心の一等地にぐるりと巡らされた長大な塀。その前に車を停めた蒼也は、迎えに出てきた使用人の手のひらに車のキーをのせた。

「お帰りなさいませ、蒼也様。旦那様が客間でお待ちです」

「わかった」

最近作り替えたばかりの数寄屋門をくぐりつつ、緩めていたネクタイをキュッと絞る。

この週末を、蒼也はどんよりした気持ちで迎えた。先週はあおいとふたりきり、恋人同士のような時間を過ごしたというのに、今日は四肢に錘《おもり》をつけられたみたいに身体が重い。渋面を作った父の小言を延々と聞かされるには相当な辛抱がいる。

ここは都内でも有数の高級住宅地で、江戸時代から続く商家や大名の流れを汲《く》む名のある家々が立ち並ぶ地域だ。都心ということもあって周辺にはマンションが多い中で、坂の多い道沿いには広い敷地を持つ一戸建ても点在している。

蒼也の実家である槙島家もそのひとつだった。立派な数寄屋門と土塀に囲まれた広大な敷地には、何度も建て替えを重ねた純和風建築の建物がある。母屋のほかに使用人が暮らす離れがひとつと、漆喰《しっくい》で塗られた土蔵がふたつ。セキュリティの関係で大切なものは銀行に預けてあるが、土蔵には今も古い茶器や壺、掛け軸、油絵、その他何に使うのかわからないものがたくさんしまってある。あおいと出くわした山田邸も同じ和風建築だが、広さも格式も似て非なるものだ。

互い違いに並べられた踏み石を通って和風庭園を抜けた。石灯篭《いしどうろう》の置かれた枯山水を横切り、木製の四阿《あずまや》、錦鯉《にしきごい》が泳ぐ池の脇を通過すると、母屋の左端の客間に父がいるのが見えた。けれど、濡《ぬ》れ縁から入ることはせず、玄関へ向かう。濡《ぬ》れ縁の下には階段代わりの石が置かれており、当然そこからも出入りはできるが、ほんの小さな頃から玄関から出入りするようにしつけられていた。

「遅くなりました」

客間の襖《ふすま》を開けると着物姿の父、槙島侑吾《ゆうご》が本を片手に詰め将棋をしていた。相変わらずの厳《いか》めしい顔つきだ。久しぶりに息子が帰ってきたというのに顔も上げない。

蒼也の父親である侑吾は、日創地所の創業者の長男として槙島家に生まれた。大学卒業後に入社して一営業マンとして二十年勤め、その間海外へ赴任したことも一度や二度ではない。

今の蒼也のポジションに就いたのが四十二歳の頃。現在の社長職には六十五歳で就任し、それから十年が経過している。

「そこに座りなさい」

顔も上げずに侑吾は告げた。

蒼也は言われた通り将棋盤の前に胡坐《あぐら》をかいた。子供の頃から、父とのコミュニケーションはもっぱらこうして対局すること。高い高いをしてもらったり、遊園地に連れていってもらったりした記憶などひとつもない。

蒼也の上には、母親が違う歳の離れた兄がいる。蒼也が幼稚園の時には成人していたから、もう四十代の後半だろうか。年齢差があったため遊んでもらった記憶はないし、顔を合わせても父に対するのと同じく敬語で話す。

彼は侑吾の反対を押し切って医学部を卒業し、現在アメリカのニューヨーク州にある病院で最先端のがん治療の研究をしている。今になって思えば、彼が医学部に入った時にはもう、侑吾の後継者は蒼也と決まっていたようなものだ。会社を継ぐのは嫌ではないが、親子関係に関しては正直

『逃げられた』と思った。

ふたりめの妻とのあいだに蒼也が生まれたのは、侑吾が四十歳を過ぎたのちのことだった。遅くにできた子のわりに、さしてかわいがられることもなく、ものごころつく頃には離婚して母もいなかったため、寂しい幼少期だったと蒼也は記憶している。

たまに帰ってきても、会話は学校の成績についてのことだけ。習い事はたくさんしていたが、それは蒼也が悪い道に進まないように忙しくさせていただけに過ぎない。『後継者として厳しく育てているんですよ』と使用人たちは言ったが、単に性格によるものだろう。

侑吾が詰め将棋の指南書を畳の上に置いた。それを合図に蒼也は盤上の駒を集め、父の分も並べていく。きちんと挨拶をして対局が始まった。用件が終わったらさっさと帰ろうと思っていたのに、長くなりそうだ。

「最近はいかがですか？　会社のほうにはあまり顔を出されていないようですが」

先手の蒼也が指で挟んだ７七の歩を、パチリと前に進める。

侑吾は間髪を入れずに３四歩、と同じく角道を開けた。

「経済界の会合や付き合いが何かと忙しくてな。政治家とも付き合わねばならんし」

「なるほど。先日、国交大臣の坂崎《さかざき》先生と会食があると聞きましたが」

侑吾は腕組みをして、苦虫を噛《か》み潰したような顔をした。

「ああ、あの男はダメだな。同友会の仲間を通して先方から打診があって赤坂のホテルで会ったんだが、友正党《ゆうせい》の下河辺《しもかわべ》と繋がってるらしい」

「下河辺先生はゼネコンの国内回帰に躍起《やっき》になっていると聞きますね」

蒼也が６八の位置に銀を動かすと、侑吾が神経質そうな眉間に皺《しわ》を寄せた。

「手堅いな。経営者たるもの、それではいかんぞ」

「まだ経営者ではありませんので」

駒を摘まむ侑吾の手がピクリと動いた。蒼也にそっくりな三白眼がこちらを睨みつける。

「まったく、いつまでも遊び惚《ほう》けおって。いくつになった？」

「三十二です」

ふん、と鼻を鳴らしつつ駒を置く。

「私がはじめの結婚をしたのは二十四の時だった。今は時代が違うとはいえ、お前はわが社の後継者なんだぞ？　そろそろ所帯を持ったらどうだ」

「残念ながら相手がおりません」

「相手ならいるだろう」

蒼也は膝の上に両こぶしを置き、皺《しわ》の増えた父親の顔を凝視した。

二年ほど前から、侑吾から有力な衆議院議員の孫娘を紹介されている。何度か会食の場を設けたものの、美人だが異様にプライドが高く、時に傲慢《ごうまん》に振る舞うその女性のことはどうしても好きになれなかった。かといって、ほかの女性との見合いを希望すればそちらが断れなくなると思い、これまで返事を先延ばしにしていたのだ。

この家にまとわりつくピリピリした空気が子供の頃から苦手だった。子供にとって、学校や塾や部活動は社会と同じだ。プライドを傷つけられたり、孤独を感じたり、理不尽な思いをすることもある。そんな時に、安心できるはずの自宅ですら常に緊張状態を強いられるなんて不幸でしかないだろう。自分の子供にはそんな思いをさせたくない。

だから、家庭ではホッと落ち着けるように庶民的な感覚を持った人と結婚したいと思っていた。妻となる女性には、仕事で疲れて帰った時にただ隣にいて話を聞いてくれる優しい人が好ましい。決して派手ではなく、思いやりがあり、相手の立場に立って考えられる人。一緒にいて安らぎを感じられる人。もちろん身体の相性も大事だ。

ここ数年、少なくない数の女性とベッドをともにしたが、心ときめく相手はいなかった。あの夜たまたま隣のテーブルに居合わせた、あおいと出会うまでは。

「なぜ黙っている？　まさか、そこら辺の女を伴侶に、などと思っているのではないだろうな」

いつの間にか盤上に落としていた視線を上げた。無意識のうちに駒を動かしていたのか、盤面が変わっている。

「僕が誰と結婚しようと自由でしょう」

侑吾の眉が険しく寄った。

「そんな道理がまかり通るとでも思っているのか。お前は日本を代表する企業を継ぐ身なのだ。市井の若者らと同じような気持ちでは困る。なんのための縁談だと思っているんだ」

「その縁談を断りたいと言ったら？」

飛車を３三で成ったと金の下に動かした。侑吾の王将は盤上の右端に逃げている。

「ならん」

「ならんと言われても困ります。そんなにその縁談が大事なら、お父さんが結婚すればいいでしょう」

盤面を凝視していた侑吾がパッと顔を上げる。直前に彼が動かした駒は悪手だった。王将の筋上に蒼也の角行があるし、反対側には先ほど進めた飛車が控えている。

「聞こえなかったのならもう一度言いましょうか？　ところでお父さん、王手ですよ」

勢いよく盤面を見下ろした侑吾が目を見開き、瞼《まぶた》に引《ひ》き攣《つ》れた皺《しわ》ができた。

蒼也が勝手に頭を下げる。

「ありがとうございました」

「まだ勝負は終わっていない」

「こんな初歩的なミスで負けるようになるなんて、お父さんも歳を取りましたね」

苦言を呈す父にぴしゃりと言い返した。もう厳格な父親を恐れる子供ではない。

「参りました」

プライドが勝ったのか、侑吾は苦い顔で頭を下げた。

「駒を落としたほうがよかったでしょうか」

「バカ言え。そこまでは落ちぶれていない。そんなことより、まさか付き合っている女がいるんじゃないだろうな」

「付き合ってはいません。珍しく振られ続けていますよ」

蒼也はにやりと笑った。侑吾の片方の眉が上がる。

「お前を振る女がいるのか」

「ええ、お父さん。僕にとって彼女は高嶺《たかね》の花なんです」

そう言って笑う蒼也を前に、侑吾はため息をつき、額を押さえて首を横に振った。

「ならよかった。実は、先方からせっつかれているんだ。朝倉《あさくら》先生のお嬢さんももういい歳だろう」

「確か初めて会ったのが二年前ですから、二十六歳くらいでしょうか」

「だろうな。盛大な披露宴になるだろうから、会場を押さえるために話だけでも早くまとめたいらしい」

「ではなおさら会うわけにはいきませんね」

はっきりと断ると、侑吾は年老いて小さくなった目を丸くした。急いで将棋盤を回り、膝がつきそうになるほど近くまで来て正座した。

「それは困る。曖昧な返事ばかりしていたせいで、誠意がないと電話でほのめかされたのだ。とにかくもう一度だけ会ってくれないか」

すっかり背の縮んだ父親を、蒼也はため息をつきつつ見下ろした。外面とは正反対に内弁慶な侑吾が下手に出るのは珍しい。今年の春には心筋梗塞を起こして入院したたし、正直なところ早く隠居して健康維持に努めていただきたい。

「会うのは構いませんが、勝手に話を進められると困ります。彼女のほうから断ってくるように仕向けても？」

「向こうがお前のことを嫌ってくれるというのならな。ただし、お前が熱をあげている女との結婚を許すかどうかは、また別問題だ」

蒼也は唇を引き結んで頷《うなず》いた。とりあえず今日のところはこれでよしとすべきだろう。喫緊《きっきん》の課題はこちらの縁談とあおいの見合いを阻止することだ。そこから先は、またあとで考えればいい。

「では日時や場所は僕の一存で構いませんか？　仕事が立て込んでいるもので」

「いいだろう。都合がつき次第連絡をくれ」

侑吾の了解を得られたところですぐに暇乞いし、頭を低くして数寄屋門を出る。

仕事以外のことで父とこんなに話したのは久しぶりだった。そもそも顔を合わせるのが会社で、しかもたまにすれ違う時くらいなものだから、社内でも不仲説が出ているくらいだ。

門の外ではキーを預けた使用人がエンジンをかけて待っていた。礼を言って車に乗り込み、閑静な住宅街の坂道をゆっくりと下る。

「朝倉華《はな》……か」

父に勧められている縁談の相手はモデルのようにスタイルがいい美しい女性で、蒼也と会う時はいつもボディラインを強調するブランド物の服とバッグで身を固めていた。実際にモデルとして世界を飛び回っていると言っていた気がするが、興味がないのでよく覚えていない。車は高級な外国車だと自慢していた。

何度か会ってみたところ、蒼也に対しては終始笑顔で気遣いのできる女性といった印象だ。しかし蒼也は騙《だま》されなかった。ホテルの従業員やレストランの店員に対する居丈高な態度に、彼女の傲《ごう》慢《まん》さを垣間見たのだ。

一度など、店員のミスで予約した店で希望の席が用意できておらず、あからさまに不機嫌になった。蒼也が席を外して戻った時には、泣きそうな顔をした店員を慌てて追い返すところも目にした。蒼也に隠れて叱責していたのだろう。

朝倉華を大輪のバラに例えるとすれば、あおいは野に咲く桔《き》梗《きょう》だ。曇《くも》りのない青は正直さに、小ぶりの花は控えめなところに通じるし、棘《とげ》のない和やかな雰囲気にはあたたかみがある。

派手さはなくても、まっすぐに伸びる凛《りん》とした佇《たたず》まいに彼女なりの矜《きょう》持《じ》を感じる。

飾り気のないスーツを着て、髪を後ろでひとつに結んだ姿を最初に見た時、地味な女だと思った。けれど間近で見た彼女は、一歩引いて周りに合わせながらも豪快なところがある、思いやりに溢れた人物だった。

身体の関係を持ったあとも、正直なところ彼女に対する感情は曖昧なものだった。妙に気にはなるものの、一般的に男性が女性に対して『いいな』と思う感覚と大差なかったはずだ。

そんな蒼也の気持ちが変わったのは、葉山へドライブに行った時のこと。

あの日が蒼也の誕生日だと知ったあおいは、浜辺の砂でバースデーケーキを作って祝ってくれた。すべすべした頬《ほお》に砂粒をつけ、一生懸命に砂をかき集める真剣な眼差し。誕生日のプレートまでこしらえ、ハッピーバースデーの歌をはにかみながら歌う……

あの瞬間、未来の家族の姿が目の前に浮かんだ。

まだ幼い子供をあいだに挟み、ケーキを前に笑い合うふたり。そんなあたたかい家族団欒《だんらん》のイメージが、鮮烈なまでに脳裏に焼き付いたのだ、

蒼也にとっての誕生日とは、ものごころついた時から使用人に祝ってもらうだけのものだった。その頃には両親は離婚しており、仕事で国内、海外を問わず飛び回っていた父は、あまり家にいることがなかった。

誕生日には高価なおもちゃやブランドものの勉強道具などを与えられたが、小さな蒼也が欲しかったのは使用人が用意したプレゼントではなかった。

ただ、家族と一緒に笑いながらケーキを食べたかった。

『そうやくん　おたんじょうびおめでとう』

そう書かれたプレートがのった大きなケーキを前に、ハッピーバースデーの歌を歌ってほしかっただけだ。

近頃、広い屋敷でひとり年老いていく父を見ていると、自分はこんなふうに生きるのは嫌だとよく考える。賑《にぎ》やかな家族に恵まれ、あたたかな暮らしの中で年老いていきたい、と。

あおいに見合いの話が来ていると知った時、大切な宝物が他人に奪われたような感覚に陥ったのはそのせいだ。彼女といると安心できる。他の男に取られるなんてありえない。あってはならない。

絶対に阻止しなければならない。

……そう思っているのに。

あのドライブのあと、酔ってしなだれかかる優愛を送ってくれと言った彼女には、正直なところ

少し腹が立った。

俺のことをなんとも思っていないということか？　ありえない。これまで袖にされたことなんて一度もないのに――と。

しかも悪いことに昨夜は、『先輩のことで話がある』と誘ってきた優愛に告白されたのだ。もちろん断ったが、やはりいい気はしない。優愛にそれとなく尋ねたところ、特にあおいにそのかされたわけでもなかったのが救いだった。

途中、小さな渋滞に何度も引っかかりながら、昼近くになってようやく自宅マンションにたどり着いた。二段式の立体駐車場に車を入れ、専用エレベーターで最上階まで一気に上がる。その頃には気持ちも少し落ち着いて、これからのことを冷静に考える余裕ができた。

部屋のドアを開けた瞬間、暗い廊下から一転して明るい光が網膜を照らし、蒼也は目を細めた。

このマンションの開発を日創地所が始めた当時はまだ入社三年目だった。年収は今の三分の一にも満たなかったが、将来を見据えて一八〇平米の４ＬＤＫを買ったのだ。今思えば、その頃から『家族』というものに憧れがあったのかもしれない。

さて、どうするか。

リビングの六人掛けソファにスーツのジャケットを放り投げ、ネクタイを緩めながら考える。

朝倉華との会食の日時と場所はこちらの都合で決められるとして、問題はあおいの見合いだ。正攻法で彼女を奪うにしても、権力を使って裏から手を回すにしても、相手の情報があるに越したことはない。見合いの日時がもう決まっているとしたら、彼女の立場を守りつつ断らせる方法を考えなければならない。

ふと、ガラステーブルの上に置かれた新聞が目に入った。一面の広告欄に踊る文字を見つけて新聞を手に取る。

『乱心！　A代議士が国家の重鎮が集う料亭に乱入か!?』

「乱入……乱入ね」

その時、突然頭に妙案が浮かび、不敵な笑みが唇に浮かんだ。

あおいの見合いをぶち壊しつつ、朝倉華に嫌われる方法を見つけた。どちらかというと慎重で狡《こう》猾《かつ》な自分には似つかわしくないやり方だが、試してみる価値はあるだろう。

新聞をソファの上に投げ捨て、シャツを腕まくりしながら巨大な一枚窓へ向かう。

眼下に広がる大都会のビル群をその手に掴むかのように、蒼也は窓に向かって手を広げた。

＊

週が明けて出社したあおいは、暗い顔をしてため息ばかりついている優愛にどう話しかけたらいいのか午前中いっぱい悩み続けた。この顔色からすると、金曜日に蒼也と会った結果があまりよくなかったということだろうか。それとも別のことで悩んでいる？　どちらにしてもメッセージで尋ねることができなかったため、朝からドキドキしていた。

昼になり、弁当を持ってきていなかったあおいは財布を手に席を立った。

（今日は外食はナシかな）

美尋を誘ってもいいが、優愛だけ誘わないのはおかしいだろう。今日はコンビニで買ってきて席で食べようか。

廊下に出たところ、後ろから小さな足音が近づいてきた。

「先輩」

「優愛ちゃん」

声をかけられて振り返ると、珍しくモノトーンでまとめた服装の優愛が見上げている。

「ランチですか？　私も一緒に行こうかな」

「じゃ、いつもの店にしよっか」

やはり元気がない感じがするけれど、一緒にランチしようと思ってくれたことはありがたい。美尋も誘って三人で近くのイタリアンレストランに行くことにした。

「も～、聞いてくださいよ、せんぱ～い」

「うんうん。わかった。で、何があったの？」

「それがぁ」

お冷をあおった優愛が、ダン！　とグラスをテーブルに置いたので、あおいと美尋はビクッとした。酔って管を巻くおじさんみたいだ。四人掛けの席であおいの正面に優愛、その隣に美尋が座っている。

「ふたりとも知ってると思うんですけど、金曜の夜、蒼也さんと赤坂のバーに行ったんですよ。おしゃれで照明が薄暗くて、めっちゃ雰囲気のいいバーだったんですけど」

うんうん、とあおいと美尋が頷《うなず》く。

「蒼也さんはジンとかウイスキーとか強いお酒をのんで、私は弱いカクテルをさらに弱くしてのんだんです。ちょっと酔っぱらっちゃって、蒼也さんに寄りかかったりしてたんですけどぉ」

「うん」

「でね、帰り際に『まだ帰りたくない』って言ったんです、私」

「それで、それで？」

と美尋が身を乗り出す。

「でも、蒼也さんに『タクシーで送るから帰れ』って言われちゃって……でもでも！　勇気を振り絞って告白したんです！」

「おお！」

美尋が両手を合わせた時、注文したパスタが全員の前に運ばれてきた。

あおいはドキドキしながら何食わぬ顔を装ってフォークを手にした。咀嚼《そしゃく》すると聞き取りづらくなるため、いつまでもパスタをくるくると巻き続ける。

「で、なんて言われたの？」

尋ねる美尋に、優愛はしょぼんとした顔を向けた。

「君のことをよく知らないから、って断られました～。うわーーーーん！」

「優愛ちゃん……！」

優愛が本当に泣いたのかと思い、あおいは椅子から腰を浮かせかけた。しかし、泣きまねだった。ホッとして座りなおす。

確かに数回一緒にのんだだけでは、お互いのことはよくわからないだろう。まずはデートをしてみて、という話にもならなかったのだろうか。

優愛はふくれっ面をして頬杖《ほおづえ》をついた。

「告白して断られたのなんて初めてですよ……どうしてだろう」

(それもそうだよね。私の時はすぐに付き合おうとしたのに)

ちょっと嬉しい気もしたが、彼の言葉を借りれば『身体の相性がよかった』だけとも言える。

「もうチャンスはなさそうなの？」

あおいが尋ねる。優愛は唇をナプキンで押さえた。

「ないかもです。悲しいんですけど」

「そっか……他に何話したの？」

「気になるんですか？」

「えっ。……別に」

「顔赤いですよ」

美尋が言う。

「そ、そうかな？　ここ暑くない？」

あおいは額を手の甲で拭い、ぱたぱたと手であおいだ。

優愛はテーブルの上で手を組み、あおいを見つめる。

「暑くなんかないです。先輩、本当は蒼也さんのことが好きなんでしょう。だから私が彼と何を話したか気になって仕方がないんじゃないですか？」

「そんなわけないじゃん」

ちょっと怒ったふうに言ってしまい、急いで下を向いてパスタをかき込む。どっちが先輩で後輩だかわかりゃしない。奮闘虚《むな》しく、あおいの顔はどんどん熱を増していった。

優愛がまた頬杖《ほおづえ》をついてため息を零《こぼ》した。

「もう、素直になればいいのに。蒼也さんも先輩のこと、好きなんじゃないかなあ」

パスタを頬張《ほおば》った状態で顔を上げる。

「え？　どういうこと？」

「別にぃ。自分で聞いたらいいんじゃないですか？」

再度パスタに取り掛かった優愛は答えてくれず、あおいは歯噛《はが》みした。

（もう〜、気になる！）


結局優愛はそれきり何も教えてくれず、三人は会社に戻ってきた。

この一週間は優愛に気を遣って蒼也と連絡を取らずにいたが、今日からはもう電話もメッセージも解禁だろう。彼女に告白されたことをどう思っているか、気になるところだ。

今日は楠本部長との個人面談の日で、朝から順にひとりずつ呼ばれていた。午後の最初はあおいの番で、歯を磨いてすぐに打ち合わせ室へ向かう。

「失礼します」

ノックしてドアを開けると、楠本がパッと顔を上げた。彼の目の前には業績資料らしきものが広げられている。

「須崎さん、どうぞ。座って」

楠本はテーブルを挟んで向かいにある椅子を手で示した。明日はいよいよ山田氏との契約締結とあってか、機嫌がよさそうだ。

個人面談が始まり、あおいのここ数年の業績や今期の目標の確認、キャリア形成などについて話し合いが行われる。来年春の異動に向けての最終確認として毎年この時期に行われる、風物詩のようなものだ。

あおいがこの業界を選んだのは、不動産や建物に興味があったわけではなく、単に高収入が得られそう、という理由からだった。生活費と弟妹の学費を稼ぐため、短大に来ていた求人からフジチョウ建設に決めたのだ。

けれど今では給与面のみならず、この仕事が気に入っている。目下の目標は資産運用部で営業成績トップになること。山田氏の契約が順調に済めば、現在の三位から一気にトップへ躍り出る。

ひと通り話し終えたところで、あおいは詰めていた息を吐いた。何を言われるのかとドキドキしていたが、特別苦言は呈されなかった。ひとつだけ気になったのは、今期達成予定額について話した時に、楠本がわずかに眉を顰《ひそ》めたことだろうか。

あまり長居するとまた見合いの話を持ち出されそうだ。事務所に戻るきっかけが欲しいと思っていたところ、いい案が浮かぶ。

「部長、明日の山田さんの契約書ですが、一応確認していただいたほうがよろしいですか？」

「岩本君には見てもらったの？」

「はい。課長には特に問題はないと言われています。でも、契約には部長も同席されるので念のためご覧いただいたほうがいいかと」

楠本が資料に目を落としたまま頷《うなず》く。

「そうだな。一応見ておこうか」

「わかりました。では、あとで部長の机に置いておきます」

ホッとして椅子から立ち上がり、「失礼します」と頭を下げて踵《きびす》を返す。

ところが。

「ちょっと待った」

後ろから呼び止められて、ドキッと心臓が跳ねた。ゆっくり振り返ると、楠本がやたらと愛想のいい笑顔を向けている。

「なんでしょうか」

「もしかして須崎さん。山田さんの案件、全部自分に計上しようとしてる？」

「は……はい。ほかに関わっている人はいませんので」

楠本が椅子に寄りかかり、ギイッと耳障りな音がした。彼の顔には相変わらずニヤニヤ笑いが張りついている。

「そのことなんだけどね。……ああ、もう一度座って」

ついさっきまで座っていた椅子を勧められ、なんとなく嫌な気持ちで腰かけた。机に両肘をついた楠本は指に挟んだペンの先を揺らしている。

「ほら、なんていうかさ、私も君の仕事がうまくいくようにたくさん動いてあげただろう？　だからほら、少しでいいから、ね？」

急に喉の渇きを感じ、あおいは唾をのみ込んだ。楠本は山田氏の成約によってできる業績の一部を、自分によこせと言っているのだ。

部長にも数字が持たされているのは知っているが、こちらだって必死に汗をかいて営業した結果だ。部下の仕事がスムーズに進むようサポートするのは上司の役目。最後だけ出張ってきて分け前の一部をよこせだなんて、虫がいいにもほどがある。

あおいは身を乗り出して胸に手を当てた。

「部長。はっきり申し上げますが、山田さんの案件を契約にこぎつけたのは、この六年近く通い詰めた私自身の成果だと思っています」

「でも、山田さんが『契約する』と言ったのは私が隣にいた時だ。違うか？」

狡猾《こうかつ》そうに上目遣いで見てくる楠本に、あおいは膝の上で両手を握りしめた。

「あのさ」

楠本が座った椅子が、またギシッと音を立てる。

「君みたいな若い女の子が営業に来たら、そりゃあ高齢の地主さんはかわいがるよ。だけど、億を超える仕事を任せると思う？　君だから契約するんじゃないの。フジチョウ建設の看板と契約するの。これまでのお付き合いとか、ちゃんとした上長のバックがあるから契約するの」

楠本の手元でぷらぷらと揺れるペンの先を見つめたまま、あおいは何も言えなくなった。

山田氏とフジチョウ建設の付き合いは今に始まったわけではなく、もう何十年と続いてきたはずだ。あおいが子供の頃から。もしかしたら生まれる前からかもしれない。

楠本は自分もそのうちのひとりだと言いたいのだろう。確かに山田氏が首を縦に振ってくれたのは、ベテランで部長の肩書を持ち、かつて懇意《こんい》にしていたらしい楠本がいたからなのかもしれない。

そうだとしたら思い上がりもいいところだ。

楠本が椅子から立ち上がり、あおいは視線を上げた。会議テーブルを回ってこちらへやってきた楠本が、テーブルに手をついて顔を覗き込んでくる。

「勘違いしないでほしいんだが、私だって部下の君がかわいくないわけじゃない。須崎さんが例の見合いを受けてくれるというなら、考えてもいいんだけどね」

「え……？」

なんだかおかしな話だ。自分は何も悪くないのに不利な立場に立たされている気がしてならない。

「でも、その件はお断りしたはずです」

あーっ、と楠本が大きな声をあげたため、あおいはびくりとした。

「君も頑固だなあ。とりあえず一度会ってみてくれって言ってるだけなのに」

「会ってしまえば、断りづらくなりますので」

「そんなことはないって！　当人同士が気に入らなければ話はそれまで。なんてったって大人同士なんだから、周りがとやかく言うことじゃないだろう？」

楠本の声がだんだん声が大きくなっていくことに、あおいは恐怖を覚えた。

両親が離婚する直前の父が、こんな感じだった。言い争いに熱が籠もるにつれて、声のボリュームが大きくなっていったことを覚えている。

「君は知りもせずに突っぱねるけど、甥《おい》っ子はいい男なんだ。とにかく私を信用して一度だけ会ってよ。いいだろう？　いいよね？　じゃあ電話して都合聞いてみるから」

一気に畳みかけられて、何も言い返せないまま楠本が電話を始めた。たった一度会うだけで山田氏の案件がすべて自分の手柄になるのなら、という迷いがあったこともある。

（どうしよう。どうしたらいい？）

心は焦《あせ》りでいっぱいのはずなのに、頭が働かずに楠本が電話する姿をただ見ていることしかできない。スマホから漏れる音声からは、相手の様子はわからない。楠本は甥《おい》がかわいいのかニコニコ顔だ。

（とりあえず一度だけ会って、先方に直接断りを入れよう）

今のご時世、周りが決めた相手と結婚することなんてほとんどないだろうが、楠本を通して返事をしたら強引に結婚を進められそうだ。

楠本は満面の笑みで電話を切った。

「今週の土曜日、十一時にエグゼビューホテルのラウンジで会うことになったよ。いやー、すぐに決まってよかったなあ」

よかった、と思っているのは楠本だけだ。

(もう逃げられない)

震える手で詳しい日時と待ち合わせ場所をメモして、あおいは打ち合わせ室を出た。


その日は珍しく定時で帰宅し、いつもより早めの夕食と風呂を済ませて部屋でボーっとしていた。

誰かと話す元気もなく、かといって人の声がないとますます滅入《めい》ってしまうため、見もしないお笑い番組を流している。

(やっぱり蒼也さんと会えばよかったかな)

ひとり用のテーブルの前に体育座りをして、ちびりとチューハイの缶を傾《かたむ》ける。

今日の夕方、彼から一度メッセージが入ったのだ。その時はまだショックでどん底だったためにそっけなく断ってしまったが、今になって後悔が押し寄せてきた。せめて愚痴のひとつでも聞いてもらえばよかったのに。

夜十時を回り、漣が久々のバイトに出ていった。特にすることもない。さっさと寝てしまおうか。

そう思い、チューハイを一気に流し込んだところでスマホが震えた。

[今どうしてる?]

メッセージは蒼也からだった。アイコンが昼間見た時から変わっている。拡大してみると、葉山に行った時にあおいが砂で作ったバースデーケーキだった。

「蒼也さんてば」

笑おうとしたのになぜか涙が込み上げてきて、急いで顔にクッションを押しつけた。隣の部屋では楓が勉強に励んでいるのだ。珍しく早く帰ってきたあおいを気にしていたから、余計な心配をかけたくない。

クッションを下ろし、鼻を啜《すす》りながら画面をタップする。

〈特に何も。蒼也さんは？〉

[俺のことはいいんだよ。今出てこられない？]

〈ごめんなさい。今日はもう退社してるんです〉

[君の後輩に聞いたから知ってるよ。今アパートの外にいる]

思わずガタッと立ち上がった。

「え？　は？　なんで!?」

窓へ駆け寄り、カーテンの隙間から道路を見下ろした。そこに見えたのは、スマホの明かりに照らされたスーツ姿の蒼也。画面を見ている彼はこちらに気づいていない。どうやって住所を知ったのだろうか。

蒼也が顔を上げた瞬間、急いでカーテンを閉めた。後ろに車が見えたから、一度自宅に帰ってここまで運転してきたのだろう。

（どうしよう、どうしよう）

風呂から出たばかりで頭にタオルをぐるぐる巻きにしているし、パジャマだし、すっぴんだし。こんな姿では彼に幻滅されないだろうか。

その時、また通知が届いた。

[下りてきなよ。顔だけ見たら帰るから]

あおいはスマホをいったんテーブルに置き、コートを羽織《はお》った。

「ちょっとだけ出てくるね」

隣の部屋に声をかけて外へ出る。

戸外は冬の空気みたいに冷たくて、洗いざらしの髪から急速に体温を奪っていった。静かに階段を下りると、蒼也が近づいてくる。いつになく神妙な面持ちだ。

「急にすまない。……もう風呂に入ったのか。乗って」

助手席から車に乗り込むと、少しだけ身体があたたかくなった。

「今、暖房強くするから」

蒼也がエアコンを調節して、すぐにあたたかな温風が出てくる。

ふたりのあいだに沈黙がおり、暖房の音だけが車内に満ちた。次第に居たたまれなくなってきて、あおいは俯《うつむ》いたまま口を開く。

「どうしたんですか？　こんな時間に」

「君のことが気になって……自宅まで押しかけてごめんな」

その言葉を耳にした途端、ぶわっと涙が込み上げた。

「そんな、わざわざ……なん、で？」

涙を見られまいとして、震える肩を縮こまらせて下を向く。すると、大きな腕に優しく包まれた。

「こんな濡《ぬ》れたタオルじゃ風邪ひくよ」

頭に巻いたタオルが取られ、代わりにマフラーが巻きつけられた。質のいいマフラーはあたたかく、蒼也の匂いがした。とてつもない安心感に包まれて、彼の胸の中でわんわん泣いた。

冷えたあおいの額に、蒼也が軽い口づけを落とす。

「やっぱり何かあったんだな。優愛ちゃんから目の前に小学校があるグリーンのアパートだと聞いて探し回ったよ。来てよかった」

「ごめんなさい……迷惑かけて」

「迷惑なんかじゃない。俺がそうしたかっただけだ」

運転席と助手席では距離があるため、あおいは蒼也に手を引かれて二列目シートに移った。大型ＳＵＶの後部座席はゆったりしていて、蒼也に後ろから抱きかかえられていてもまだ余裕がある。あたたかく大きな身体に寄りかかっているだけで、重しを載せられていた心が次第に軽くなっていく気がした。冷えた身体もすっかり元通りになった。

「で、何があった？　言いたくなければ無理に話さなくていいけど」

蒼也があおいの腕を撫《な》でながら尋ねた。彼の落ち着きのある低音は、ただ聞いているだけでも不思議と心が安らぐ。

「実は……同僚の話なんですけど」

ごまかしの常套句《じょうとうく》を使って、あおいは楠本に業績をかすめ取られそうになっていることを話した。もちろん具体的なことは一切口にせず、見合いの話は絡めずに。

蒼也はそれを、時々相槌《あいづち》を打ちながら静かに聞いていた。あおいが隠したい部分は深追いせずにいてくれるのがありがたい。話しているうちにまた涙が出てきたが、蒼也に抱かれているおかげで少しで済んだ。

なるほどな、と彼が頷《うなず》く。

「そりゃあ腹も立つよ。俺だったらブチ切れてるかもしれない。自分は何もしてないのに、立場を利用して数字をかっさらおうなんて、上司の風上にも置けないな」

「ですよね。これってパワハラだと思うんです」

「間違いないな。さらに上の人間にリークするべきだと俺は思う。聞き入れてもらえないなら、部内で騒ぎにしてもいい」

期待通りの返答に、あおいは深く頷《うなず》いた。さすが、部下から慕われているだけのことはある。自分の上司が蒼也だったらよかったのに。

「見てる人は見てるから大丈夫だ、とその被害に遭った人に伝えてくれないか。ちっぽけな蟻《あり》でも集団になれば強い。自信を持って戦えって」

拳を握りしめる蒼也を、あおいは見上げた。涙が乾いて突っ張った頬《ほお》に笑みを浮かべる。

「ありがとうございます……なんか元気出てきました」

フ、と蒼也の唇が横に広がる。

「な、なんですか？」

「いや。大変な目に遭ったなと思って」

「私じゃなくて同僚の話なんですが……」

「そうだったな」

抱きすくめられた腕の中で、あおいは密かに頬《ほお》を熱くした。口にしないだけで、本当はあおい自身の話だとバレているのだ。ライバル会社の部長に自社の部長の愚痴を泣きながら零《こぼ》すなんて、ばつが悪い。

蒼也があおいの頭からマフラーを外し、髪を優しく撫《な》でる。もうだいぶ乾いたようだ。

「もしまだ何か聞いてほしい話があるなら言うといい」

（う……）

さすが鋭い。この仕事をしていると他人の表情や言葉に敏感になるというけれど、彼のほうが一枚上手のようだ。

「それが……部長の甥御《おいご》さんとのお見合いから、ついに逃げられなくなりまして」

あおいの腰を抱く蒼也の手がビクッと揺れた。怒ったような表情で見下ろす目が闇に輝いている。

「会うことになったのか。いつ？　どこで？」

「えっ……と、今週の土曜日に……エグゼビューホテルのラウンジで」

「何時？」

「十一時です」

蒼也の目力があまりに強くて、つい正直に答えてしまった。ただならぬ雰囲気に、後悔が押し寄せる。

「そっ、そんなこと聞いてどうするんですか？」

こわばった蒼也の頬《ほお》からスッと力が抜けた。

「ちょっと気になっただけだ。それで、相手はどんな人なの？」

「私よりひとつ年上の会社員だそうです。写真を見た感じは普通に優しそうな人でした。でも……」

「でも？」

「部長から聞いた話では、結婚したら専業主婦になってほしいようなんです。私、子供ができても働くつもりでいたのでちょっと合わないかなって」

見合い相手の年収を教えてもらったところ、あおいとほぼ同じくらいだった。その収入で家族を養いつつ、これから大学に進学するあおいの妹の学費や生活費まで賄《まかな》えるとは思えない。

「じゃあ、そいつと結婚する確率は？」

「ゼロですね」

きっぱりと返すと、心なしか蒼也が安堵《あんど》したように見えた。直後にきつく抱き締められて、息が止まりそうになる。

「ちょ……苦し――」

今度は素早く唇を塞がれた。彼の様子にどこか不穏なものを感じていたのに、すぐに深くなった口づけに思考が流されてしまう。

蒼也の首に腕を回し、穏やかな波のような唇の感触を味わった。

ついさっきまで底のない沼に首まで沈みかかっているような気持ちだったのに、今はもうこんなに楽になっている。身体だけの関係の彼に、いつの間にこんなに頼り切っていたのだろうか。


その週の土曜日、見合い会場に指定されたホテルへタクシーで向かいつつ、あおいは今日の自分の運命を呪っていた。

相手が部長の身内じゃなかったら、わざと嫌われるようにおかしな格好をしていったところだ。しかしそんなわけにもいかず、急遽《きゅうきょ》買った明るい色のスーツは似合っていると思えなかった。おまけにヘアスタイルもイマイチ決まらず、気分は最悪だ。あれから気にかけて毎日連絡をくれた蒼也も今はいない。

(もう帰りたい……)

エグゼビューホテルの白い外観が見えてきて、海よりも深いため息を零《こぼ》す。

先方は本人とその両親と楠本が来るのに、こっちはひとりきりだなんて、完全に負け戦ではないか。

(こんなことなら、諦めて業績の分け前を部長に渡したほうがよかったかな)

一瞬弱気になったものの、いやいや、とかぶりを振る。あれは自分の力で苦労して手に入れた数字だ。パワハラに屈して献上するなんて、絶対にありえない。

「お客さん、大丈夫ですか?」

運転手がバックミラー越しに訝《いぶか》るような目でこちらを見た。

「だ、大丈夫です。……すみません」

動き出した車の後部座席で縮こまる。こんなことでは本当にいいように丸め込まれてしまいそうだ。気合を入れていかねば、と深呼吸をする。

ホテルに到着したあおいは、きらびやかなエントランスのガラスドアをくぐり、ラウンジへ向かった。すぐにスタッフがやってきたが、用件を告げる間もなく遠くから楠本の声が響く。

「おー、来た来た！　須崎さん、こっち、こっち！」

大きな声を出すものだから、周りの客が迷惑そうに楠本を見ている。その視線はあおいにも突き刺さり、なんとも居たたまれない気持ちになった。

「ご迷惑をおかけして申し訳ありません」

ラウンジのスタッフに謝り、足早に楠本たちがいるテーブルに向かう。見合い相手と思《おぼ》しきスーツ姿の若い男性が、彼の両親のあとに一拍遅れて立ち上がり、頭を下げた。

「はじめまして。須崎あおいと申します」

あおいも深くお辞儀をする。

「よく来てくれたねえ、須崎さん。ささ、座って、座って」

やけにハイテンションな楠本に勧められ、挨拶もそこそこに見合い相手本人の向かいに座った。

「いやー、本日はお日柄もよくてね！　よかったね、寛之《ひろゆき》君！」

「はあ……」

ばんばん、と楠本に肩を叩かれた見合い相手が、遠慮がちにあおいを見る。

楠本の甥《おい》は写真で見たイメージよりも小柄で、とてもおとなしそうな男性だった。あまり特徴のない顔は童顔で、眉が太く、垢ぬけない。猫背なせいではっきりしないが、あおいよりも身長が低いのではないか。

彼を挟んで座る両親は、穏やかな顔つきであおいを興味深そうに見ている。着物姿の母親が腰を浮かせた。

「須崎さん、こんにちは。わたくし寛之の母で楠本綾子《あやこ》と申します。今日はよろしくお願いしますね」

「私が父親の聡《さとし》です。どうぞよろしく」

「よろしくお願いいたします」

にこやかに愛想を振りまきながら、あおいは心の中で苦笑した。まだ本人が口を開きもしていないのに先に両親が挨拶をするとは。寛之は母親に肘で突かれて、やっと口を開いた。

「楠本寛之です。……よろしくお願いします」

声が小さくてよく聞き取れなかったが、よろしくお願いします、とあおいも頭を下げる。変な間が空いて、仲人の立場である楠本がその場を取り繕った。

「まあまあ。じゃあね、私からふたりのことを紹介しようかね」

楠本の話によると、彼の兄の息子である寛之に兄弟はなく、親子三人で都内の下町に暮らしているらしい。家は小さな庭付きの一戸建て。猫を二匹飼っているとか。

大学卒業後に菓子メーカーに就職した寛之は、三年前にフジチョウ建設の関連会社に転職し、経理の仕事についているそうだ。

「いやね？　前の会社を辞めてフラフラしてるって聞いたもんだから、うちに入らないかって誘ったわけよ。そしたらこれが大当たりで、仕事はバリバリやるわ上司に気に入られるわで、誘った私の評価もうなぎのぼりで……」

途中からなぜか楠本の自慢話にすり替わり、寛之の両親もこれには複雑そうな顔をしている。

「それで、寛之の趣味はなんだったかな？」

「ああ、えーと……」

そう言ったきり寛之が黙ってしまったため、母親が横から口を出した。

「息子の趣味はパソコンを自分で作ることなんです。秋葉原の電気街で部品を買ってきて、自分で組み上げて。……ね？」

母親に顔を覗き込まれた寛之は、下を向いたまま頷《うなず》く。

日々いろいろな顧客を相手にしているあおいも、さすがにこれはもうダメだと思った。三十歳にもなって親の手を借りなければ話ができない人と、結婚などできるわけがない。

いけないとわかっていても、どうしても蒼也と比べてしまう自分がいた。逆に、彼みたいに見た目も人柄も優れた人が、どうしてずっと独身でいるのだろう。

『蒼也さんも先輩のこと、好きなんじゃないかなあ』

あの日、優愛に言われたことが頭にこびりついて離れなかった。恋しても無駄だと思っていたのに、一パーセントでも可能性があると知った途端にブレーキが壊れてしまったようだ。

そこから先は、何を聞いても、何を話しても全然頭に入ってこなかった。ほとんど口を利かない本人の横で早口でまくし立てる母親と、負けじと声を張り上げる楠本に、ただ頷《うなず》いて愛想笑いをするだけ。このあと寛之とふたりだけで話す機会があったら、直接断りを入れよう。

席に着いてから一時間が経《た》つ頃、ようやく顔合わせが終了した。このあと当人同士で中庭を歩き、その後ホテル内のレストランで会食をする予定だ。

移動しようと席を立った時、寛之の手がテーブルの上のグラスに当たり、彼がほとんど手をつけていなかったオレンジジュースを床にぶちまけてしまった。

「大変……！　寛之さん、動かないでくださいね」

すぐに駆け寄ったあおいは、バッグから取り出したハンカチで寛之のスーツのトラウザーズを拭いた。ジュースがかかったのが膝から下だけでよかった。床が絨毯《じゅうたん》張りだったおかげでグラスも割れていない。

その後はラウンジの給仕が飛んできて、散らばった氷とグラスを片づけた。

中庭に移動しながら、あおいは寛之に尋ねる。

「お怪我はありませんか？」

「は、はい」

「よかったです」

あおいがニコッと笑うと、寛之の顔が真っ赤に染まった。それを目ざとく見つけたらしい母親が、隣で『あらまあ』とばかりに相好《そうごう》を崩す。

事件が起きたのはその時だった。

衝立《ついたて》代わりに置いてある観葉植物越しにすれ違ったカップルに何気なく目を向けた瞬間、あおいの心臓は雷にでも撃たれたかのように激しく轟《とどろ》いた。

（えっ……？）

きらきらと光り輝かんばかりのオーラを放つカップルの男性は、見上げるような背丈と頑丈そうな身体つきをしている。

立ち止まった彼が、観葉植物の向こうから姿を現した。光沢のある黒色のスリーピーススーツにブルーのネクタイをした男性は、槙島蒼也その人だ。

「見た顔だと思ったら、やっぱりあおいか」

「蒼也さん……どうしてここに？」

あおいが口にした途端、隣にいた女性が蒼也にぴたりと寄り添った。獲物を取られまいとするかのように蒼也に腕を絡ませる女性は、モデルみたいにすらりと背が高く美しい女性だ。細いウエストを強調するデザインのドレスの、太腿《ふともも》まで入ったスリットがとても艶めかしい。彼女は猛禽《もうきん》みたいな目であおいを睨みつけた。

唇に官能的な笑みを湛《たた》えた蒼也が、触れそうなほどあおいに近づいてくる。

「ここに来る用事があってね。ああ、ちょっと」

あおいの耳に彼の指が触れ、心臓が壊れそうなほど音を立てた。

「失礼。おくれ毛が気になったもので」

少し先を歩いていた寛之の両親に目をやると、明らかに戸惑っている様子だ。

「あ、あの……今、お見合いの最中ですので」

「ああ、そうだったのか。……へえ、君が見合いの相手？」

蒼也は、寛之のほうへ向き直り、声をかけた。女性のほうはまだあおいを睨んでいる。

「ちょっとあなた、いったいなんなの？」

母親がサッと息子の前に立ちはだかった。こうして並んでみると、寛之は蒼也より頭ひとつ分は背が低い。寛之は両親の後ろに隠れるようにして縮こまった。

「失礼しました。私はあおいさんのごく親しい友人で、槙島と申します」

蒼也が自身の胸に手を当てて言う。

寛之の母親はツンと顎を上げて蒼也と連れの女性に冷たい目を向けた。

「あらそうですか。ではそちらの親しげな女性と一緒にどうぞお引き取りなさってくださいな。こちらは忙しいんですから」

「そうはいきません。実は最近、私の周りで意に染まない見合いを勧められて困っている女性がいましてね」

今度は父親の眉がぴくりと動く。彼は楠本の面影を宿す禿《は》げ上がった頭を赤く染めた。

「君はさっきから失礼だな。そちらの話とうちのお見合いと、どういう関係があるというんだ」

「彼女は私の大切な友人なんです。万が一にもそんな目に遭っていたらと思うと気が気ではなくて、つい声をかけてしまいました」

蒼也の手が腰に回り、あおいはびくりとした。

「ちょっ……蒼也さん！」

振りほどこうとすると今度は手を掴まれる。皆が見ている前で熱い眼差しを向けられて、頭の中が真っ白になった。

「まあっ、汚らわしい!!　これはいったいどういうことですの!?」

寛之の母親が怒り心頭といった様子で両目を吊り上げる。

怒ってるのは彼女だけではない。蒼也が連れている女性が反対側から彼の腕を引っ張ったため、あおいの身体までぐらりと揺らいだ。

「ちょっと、この女はなんなの？」

罵声とともに鋭い視線があおいに突き刺さる。

「聞いての通り、親しい友人だよ」

蒼也が答えると、美しい顔をした女性があおいと蒼也の顔を交互に睨みつけた。

「そんなの信じられないわ。どうせあなたの地位や財産目当てで近づいてきた強欲女なんでしょ？」

彼の三白眼がぎろりと女性を睨む。

「信じるも信じないも君の勝手だが、彼女を侮辱することは俺が許さない」

毅然《きぜん》とした態度で突き放した蒼也に驚いたのか、女性は完璧なメイクを施した目を零《こぼ》れんばかりに見開いた。美しい顔が憤怒のために真っ赤に染まる。彼女は蒼也の腕からパッと手を離し、肩を怒りに震わせた。

「ああ、そう。そういうことなの。よくわかったわ」

女性は持っていた高そうなブランド物のバッグを振りかぶり、思い切り彼の肩を叩いた。

「あなたがこんなに趣味の悪い男だったなんてびっくりしたわ。こんな安っぽいホテルに連れてこられたうえに、バカみたいな茶番見せられて。私、帰るから！」

「ああ、気をつけて帰れよ。お父さんによろしく」

「このクソったれ！」

手を振る蒼也を振り返りもせず、女性は早足で歩き去る。そんな彼女を蒼也は笑いながら見送っていたが、「おい」と楠本に声をかけられて真顔になった。

「これはどういうことなんだ。須崎さんも」

部下を叱責する時の顔になった楠本に、あおいは身が縮む思いがした。衆目があるからか、それでも感情を抑えているほうだ。

怒っているのは楠本だけじゃなかった。寛之の両親も先ほどまでの仏顔から一転、親の仇《かたき》でも見るような視線をあおいと蒼也に向けている。ただひとり、寛之だけが彼らの後ろで居心地悪そうに立ち尽くしていた。

「申し訳ございません、部長！」

土下座でもする勢いであおいは最敬礼した。恐怖で声が震えている。予想していなかった事態にまともに頭が働かず、混乱するばかりだ。

「謝る必要なんてない」

蒼也が言った途端、楠本の顔が怒りに赤黒く染まった。

「きっ、貴様は何を言ってるんだ！」

ぷるぷると震える指で蒼也を指差したが、ラウンジにいる客の視線を集めていることに気づいたのか、唇を引き結んで手を下ろした。

「ああ、もういい。お前たちのせいで私の面目は丸つぶれだよ！　須崎さん、事と次第によっては君のことも処分するからそのつもりでな」

肩を怒らせて去っていく四人の姿を、あおいは泣きたい気持ちで見送った。ついさっきまで座っていた椅子によろよろと腰を下ろし、頭を抱える。

どうしよう。いったいどうしたら……？　処分というと、左遷だろうか。それとも主任の肩書を剥奪《はくだつ》されるのだろうか。主任の剥奪《はくだつ》ならまだしも、今のアパートから通えないほど遠くへ異動になるのは困る。

「俺たちも帰ろう」

そっと肩に手を置かれた時、あおいの中で何かがプツンと切れた。

蒼也の手を弾き、立ち上がる。

「ひどい。ひどいですよ……どうしてあんなことしたの？」

「あおい……？」

蒼也はこれまでに見たこともない、苦痛に満ちた表情を浮かべている。

自分のしたことがわかっていないのだろうか。そんな顔をするくらいなら、彼らを怒らせるような真似をしなければよかったのだ。

瞼《まぶた》の縁に溜まった涙が零《こぼ》れないよう、何度も瞬《まばた》きをする。

「このあいだ、心配して家まで来てくれて、私、すっごく嬉しかったんです。ああ、やっぱり蒼也さんは私の気持ちをわかってくれてるんだな、って。なのに、どうして……」

くしゃくしゃに歪《ゆが》んだ顔を見られまいと、両手で顔を覆う。

「私、あなたのことがわからない」

「あおい」

「触らないで！」

差し出された手を、パン！　と叩いた。蒼也がハッとしたように目を見開く。

これでもう何もかもおしまいだ。所詮、奥手で不器用な自分にこういう関係は不向きだったのだ。

「もうあなたには会いません。……例の関係も解消しますから」

「あおい！」

呼び止める声を無視して、あおいは走ってラウンジをあとにした。

（蒼也さん……！）

彼に背を向けた途端、頰《ほお》を涙がぽろぽろと伝った。ロビーを駆け抜けるあいだに何度もしゃくりあげ、嗚咽《おえつ》を漏らす。すれ違う人たちがぎょっとした目を向けてくるけれど、溢れる涙を止められない。

正面のドアから外に出た時、ついに立っていられなくなった。車寄せの柱の陰にしゃがみ込み、声を殺して泣く。

あおいが泣いているのは、楠本を怒らせたからでも、今後の仕事面が不安だからでもない。

蒼也とはもう会わないと言った、自分の言葉に対してだった。

「部長……それはどういうことでしょうか？」

「だからさ。当の寛之が君のことを気に入ったらしくて、ぜひ結婚に向けて前向きに話し合いたいって言うんだよ。いや〜、わからないものだね。あいつも寡黙な男だから、まさか君のことをそこまで気に入ったとは思わなくてさ。兄から電話をもらってびっくりしたよ」

そう言って、満面の笑みで太鼓腹を揺らす楠本を、あおいはこわばった顔で見つめる。

週が明けた月曜日、朝一番で打ち合わせ室に呼ばれた時は、てっきり異動でも言い渡されるのかと思った。けれど、実際に言われたのは『これからもよろしく頼むよ』という正反対の言葉。引っ越しの費用をどう捻出するか、時期はどうするか、それとも転職するかと悩み続けていたあおいにとって、肩透かしを食らった気分だ。

土曜日はどうやってアパートに帰ったのか覚えていない。気づいたらスーツのままベッドに横たわっていて、室内は真っ暗になっていた。毛布を掛けられていたから、漣と楓のうちどちらかが、あるいはどちらも気にしてくれていたのだろう。姉として情けなかった。

前の晩にアパートまで様子を見に来た蒼也は、楠本のやり方はパワハラだと怒ってくれた。見合いの詳細を尋ねたのは、きっとはじめから介入を考えていたのだろう。

たとえそれが同情や正義感に駆られただけだったとしても、あおいは嬉しかった。彼がそこまで自分のことを考え、行動してくれたことが嬉しい。

しかし、いつも冷静な蒼也がどうしてあんなことをしでかしたのか、いくら考えてもわからなかった。

彼は仲睦まじい様子の美しい女性を連れていた。その彼女をないがしろにしてまで、あおいの見合い相手にふたりの仲を見せつけるかのように振る舞った理由がわからない。あとでどんなことになるか、考えが及ばないような人ではないはずだ。

土日のあいだに、蒼也からはメッセージや着信が何件も入っていた。けれど、電話には出ずメッセージもブロックした。

彼のことが好きになってしまった。

そのことに気づいた以上、もう二度と会うことはできない。

あおいと蒼也とでは住む世界が違う。身体だけの約束という細い糸でかろうじて繋がっただけの関係。それすらももう、今は途切れてしまったのだから。

楠本の話は続いている。

「あの日はつい私もカッとしちゃって悪かったと思ってるんだよ。あの男は君の……いや、いい。とにかく本当に悪かった。この通りだ」

頭を下げる楠本にあおいは恐縮した。あれは百パーセント蒼也が悪いのだ。彼に見合いの詳細を話した自分も軽率だった。

「部長、頭を上げてください。せっかくあの場を設けてくださったのに、顔に泥を塗るような真似をして、こちらこそ申し訳ございませんでした。先様にもとんだご迷惑をおかけしてしまって」

深々とお辞儀をして顔を上げると、にんまりと笑みを浮かべる楠本の顔があった。

「そう？　じゃあそういうことで、これで手打ちにしようか」

「手打ち……とおっしゃいますと？」

用心深く尋ねたあおいの肩をポンと叩き、楠本が横を通り過ぎる。

「実は兄夫婦があの男に相当腹を立てて、知り合いの弁護士に相談すると息巻いてたんだよ。だけど、あの男は君の知り合いみたいだし、君は私にとってもかわいい部下だろう？　私がどうにか説得して、君が縁談を承諾してくれればお咎《とが》めなしにする、と言ってもらえたからさぁ」

あおいは前を向いたまま密かに息をのんだ。楠本はやんわりと脅迫しているのだ。この縁談を承諾しなければ、蒼也を法的に咎《とが》めることになる、と。

蒼也の行動は確かにいけなかったが、あおいにも非がある。彼はこの縁談には無関係なのに、万が一訴訟《そしょう》なんて起こされて経歴に傷がついたら、どうやって償《つぐな》えばいいというのか。

黙っていると、楠本が焦《じ》れた様子で振り返った。

「まだ何か不満でもあるのかね？　これまでにも何度か言ったが、妹さんの学費のことなら心配ない。私の兄は会計事務所を経営していて金はあるんだ。こんなにいい縁談はほかにないぞ？」

ん？　と覗き込んでくる楠本から顔を背け、込み上げてくるもやもやを必死にのみ込む。

楠本は、金銭面さえ解決されればあおいは心置きなく結婚に踏み切れると思っているのだろう。

しかし、人間の気持ちはそんなに単純なものではない。

母が亡くなった時にはまだ小さかった弟妹に心配させまいと、身を粉にして働いてきた。その苦労を踏みにじられた気がしたし、実の妹の学費を義理の親に肩代わりしてもらうなんて、とてもじゃないが気が引ける。

でも……

それはあおいの気持ちの問題であって、周りのことを考えれば、寛之と結婚して彼らを頼るのがベターなのだろう。四年分の学費を負担してもらえればあおいが貯金した分を生活費として渡すことができるし、新社会人になる弟の漣にも収入面で迷惑をかけずに済む。

そして、蒼也を窮地《きゅうち》に立たせることもない。

……そう、自分さえ我慢すればすべてが丸く収まるのだ。

あおいは胸に手を当てて、ギュッと目をつぶった。

自分から『もう会わない』と言った蒼也のことを、未練がましく想っている自分がひどく情けない。むしろ『会わない』と口にした瞬間、やっぱり彼のことが好きだと自覚してしまった。

あの日だまりみたいな笑顔が、魂を揺さぶる甘い声が、身も心も優しく包む大きな腕が。手の届かない場所へ行ってしまうと思うと、身が引き裂かれるように苦しい。切ない。

落ち着き払った大人っぽい態度の中に、時々見せる茶目っ気のある顔が愛おしかった。まっすぐに欲望をぶつけてくる彼に、本当の悦《よろこ》びを教えてもらった。

蒼也みたいな人に出会えるのは、人生で一度きりだろう。

彼にとってのあおいは一瞬の小さな流れ星だったかもしれないけれど、あおいには一生忘れられない恋になるはずだ。

それでさ、と声が聞こえてハッとする。

「急なんだけど、今夜もう一度会ってくれないかな。寛之が君に謝りたいって言うんだよ。今度はもっとラフに、寛之と私と三人だけで会おう。いいよね？」

目の前で返事を待たれてしまい、あおいは唾をのんだ。

ここで首を縦に振ればすべては終わる。蒼也は訴えられず、楓の学費も目処が立ち、あおいの業績が楠本にかすめ取られることもない。

（そうだ、私さえ我慢すれば）

寛之だって、きちんと社会人としてやっている一人前の男だ。人見知りなだけで、話せば案外いい人かもしれない。何より、この縁談がまとまってしまえば蒼也のことを吹っ切れるのではないか。

そう思った。

「わかりました」

そう返事をすると、楠本があおいの手を両手で握り、ぶんぶんと上下に振る。

「そうか、そうか！　ありがとう！　寛之もきっと喜ぶよ！　そうだ、早速電話してやろう」

彼はテーブルに置いてあったスマホを取り、電話を始めた。

「あー、もしもし？　寛之、例の見合いの件なんだけどな……」

心を置き去りにして勝手に進んでいく見合い話を、あおいは他人の人生を見るかのように呆然と眺めていた。今の気持ちをたとえるなら、明かりひとつない階段を手探りで下りているようだ。階段を下りた先には絶望という名の深い穴がぽっかりと口を開けている。けれど、後ろから何者かに迫られて、前に進むしかないという気持ちだった。

4

失敗した——その言葉を何度胸の中で繰り返しただろう。

この週末、蒼也は散々家で酒をのみ、ひどく酔っぱらって懲《こ》りたはずだった。にもかかわらず、週明けの月曜日からまた酒だ。あおいと出会った晩に訪れたバー。ふたりで座ったボックス席には別のカップルがいて、ひとりカウンターでのむ蒼也にイチャイチャを見せつけてくる。

土曜日にあのホテルへ行ったのは、むろんあおいの見合いを阻止するためだった。ついでに朝倉華との縁が切れればいいと思い、連れていった。

本来の予定では、見合い場所から移動する頃合いを見計らって声をかけ、あおいは自分の恋人だと宣言するつもりだった。先方の出方によっては、これはパワハラだと冷静にやり込めるシミュレーションも念入りに行った。

……なのに、ドリンクを零《こぼ》してあおいに拭いてもらっている男の顔を見たら、何もかもが吹き飛んでしまったのだ。

（こんな男のためにあおいは苦しんでいるのか。子供みたいにただボーッと突っ立って、顔を赤らめているだけの凡庸な男のために）

そう思ったら無性に腹が立ち、まるで自分の所有物であるかのようにあおいに触れていた。その時頭にあったのは、絶対に彼女を渡してなるものか、というエゴイズムのみ。彼女を取り巻くものの後先も、彼女がそれでどんな行動を取るか想像することすらできなかった。

「あおい……」

琥珀《こはく》色の液体が満たされたグラスを手に、小さく呟《つぶや》いた。

出会った日の彼女を思うと、情けないことに泣きたくなる。地味で、世話焼きで、強気なのに思いやりに溢れていて、身体の相性は最高。我ながら面白い女を見つけたと思った。

恋をするのは久しぶりだったから、バカみたいにテンションが上がった。デートのＯＫをもらってから、綿密にプランを練って、車もぴかぴかに磨いて。

あのドライブの日、もう一度正式に交際を申し込めばよかったのだ。そうすればあおいは見合いを受けることなく、蒼也が失敗することもなかった。嫌われることもなかった。

この歳にもなって、たかが失恋でここまでダメージを喰らうとは。

バーボンのグラスを一気にあおる。喉がカッと熱くなり、香ばしい香りが鼻に抜けた。よかった。まだ酒の味を感じるようだ。

店のドアが開く音がして、マスターが小さく「いらっしゃい」と言った。

「あーっ、蒼也さんみ〜っけ！」

聞きなれた声がしてドアのほうを見る。入り口のところに立った女性のふわふわした格好を見て、蒼也は文字通り頭を抱えた。

小走りに優愛がやってきて隣に座る。

「えっとぉ、このお店で一番弱いカクテルってどれですか？」

カウンターの中にいる口髭《くちひげ》の生えたマスターが答えた。

「ファジーネーブルでしょうかね」

「じゃ、それで。すごーく弱めに作ってください」

「かしこまりました」

マスターがグラスを用意する。

隣で頬杖《ほおづえ》をついてにこにこしている優愛に、蒼也は小声で言った。

「悪い。今日はひとりにしてくれないか」

「え〜？　いいじゃないですか。——あ、ありがとうございまーす」

細身のタンブラーに満たされたひまわり色のカクテルを受け取り、蒼也の前に置かれたロックグラスに当ててカチンと音を鳴らす。

「かんぱ〜い」

優愛はひと口だけ啜《すす》って、「おいしい」と肩をすくめた。

半分やけになって、蒼也はロックグラスを全部あおった。カクテルに飾られたカットオレンジか。……いや、そうは思えない。彼女も蒼也に対して、憎からず思っていたはずだ。

を頬張《ほおば》る優愛を見ていると、悲しくなる。彼女は楽しそうだ。あおいもどこかで笑っているだろう

「蒼也さん、先輩と何かあったんですか？」

「えっ？」

蒼也は優愛を見た。彼女は頬杖《ほおづえ》をつき、タンブラーについた結露を指でこすっている。

「今日、先輩めちゃくちゃ落ち込んでましたもん。先輩に聞いても何も言わないから蒼也さんに聞くしかないなーって思ってここに来たんです。大変だったんですよ～。いろんな人に蒼也さんが行きそうなところ聞いて、あちこち探し回って」

そういえば、スマホの通知をオフにしていたとポケットから取り出す。会社からの着信が一件と、取引先からのメールが二件、優愛からのメッセージと着信が数件ずつ。あおいからはもちろん何も届いていない。

スマホの画面を落としてカウンターに置いた。

「それは悪かったな。俺とあおいの関係を知ってたの？」

「別にぃ。どういう関係かは知りませんけど、何かあるなってのは気づいてましたよ」

「そうか。……君、この前俺のこと好きだって言ってなかった？」

「それが何か？　言っておきますけど、もう好きでもなんでもないですよ。私を好きじゃない男の人に興味はありませんから」

蒼也は苦笑した。自分が一番かわいいと思っている優愛にとって、靡《なび》かない男はもはや男ではな

いのだろう。

「俺に告白したってあおいに言った？」

「もちろんです。ああでも言わないと先輩、本気にならないので」

何を言っているのかよくわからない。

「それ、どういう意味？」

優愛がカウンターチェアを回転させて、身体ごとこちらを向く。

「『蒼也さんも先輩のことが好きだと思う』って言いました。間違ってないでしょ？」

「まあな」

急に照れが襲ってきて素っ気ない返事になった。だいぶ年下の女性の目から見ても明白だったというのに、あおいは気づかなかったのだろうか。

優愛は前を向いてカウンターの後ろに並ぶ酒瓶に目を向けた。

「私、先輩にはそろそろ幸せになってほしいんです。……肝心な時にいつも一歩引いちゃうから、損な役目ばかり押しつけられてる。みんな先輩に甘えてるんですよ」

「君がそんなこと考えてたなんて意外だな」

優愛がムッとした表情で睨んできた。

「そんな悠長なこと言っててていいんですか？　先輩取られちゃいますよ。部長の甥《おい》っ子さんに」

「え……？」

ガツンと頭を殴られた気がして、蒼也は急に震えだした手でグラスを置いた。

「まさか、あの男と進展があったのか？」

こくりと優愛が頷《うなず》く。

「今日、見ちゃったんです。先輩が部長に呼ばれて、甥《おい》っ子さんとの結婚を迫られてるところ。今、会社の近くの料理屋さんで会ってますよ」

「はあ？」

「先輩のことだから、その人との結婚を決めるつもりなんじゃないかな〜。あなたを吹っ切るために」

蒼也が勢いよく立ち上がったせいで、回転式のスツールがくるくると回った。

汗ばんだ手でポケットから財布を出しながら尋ねる。

「場所はどこ？　いつ頃会社を出た？」

「会社近くの金井《かない》証券の裏側にある『ゆうき』っていう懐石料理のお店です。六時過ぎには出ていきましたよ」

「ありがとう。悪いけど、これで払っておいて」

カウンターに一万円札を置き、蒼也は店の外に飛び出した。

外はいつの間にか雨が降っていて、テーラーで仕立てたばかりのスーツを容赦なく濡《ぬ》らす。ここからならタクシーを捕まえるより走ったほうが早いだろう。時計を見ると時刻は七時半を回ったところだ。提供に時間のかかる懐石料理屋でよかったと胸をなでおろす。

お願いだから早まって首を縦に振らないでほしい。もしそうしていたとしても――

（その時は力づくで奪い返す）

叩きつけるような雨の中、蒼也は全力で夜の街を駆け抜けた。

＊

会社の部長クラスがたまに接待で使うこの店には、あおいも一度だけ訪れたことがある。

青畳の香りが漂う広い和室には、しとやかな琴のＢＧＭが流れていた。品のある飾り棚にはさりげなく工芸品が置かれ、紅葉やリンドウといった秋の花々がモダンな花器を彩っている。

『ゆうき』は銀座の料亭かと見紛う土塀に囲まれた、格調高い懐石料理の店である。今朝、打ち合わせ室で縁談を進める方向で了承したあと、楠本が予約を入れたらしい。

あおいは定時を回ってすぐに楠本とともに会社をあとにした。タクシーで到着した時に見つけたのは、店の前で所在なさげに立つ寛之の姿。タクシーを降りた瞬間にサッと目を伏せる彼に、あおいは泣きたくなった。

一枚板でできた重厚な座卓の上には、美しく繊細な料理が並んでいた。せっかくの料理だが、あおいはほとんど手をつけていない。それは向かいに座る寛之も同じで、楠本だけが豪快に飲み食いしている。

「どうぞごゆっくり」

仲居が入ってきて、牛肉のたたきに季節の野菜の炊き合わせが盛られた皿を置いていった。この店に入ってから一時間以上経《た》つが、あおいは寛之とまだひと言も話していない。彼との会話は楠本を介してのみ行われている。まるで通訳みたいだ。

「おお、うまそうだな」

今置かれたばかりの料理に、楠本がいそいそと手を付ける。

「うまい！　さすが有名店の料理は違うねえ。いや〜、今日は本当にいい日だな。私のかわいい甥《おい》っ子と、大切な部下である須崎さんとの縁談が決まって」

がはは、と楠本は笑ったが、当の本人たちがぴくりとも顔を動かさないのがなんとも悲しい。楠本はがつがつと料理を平らげ、あおいの酌を受けようとお猪口を差し出した。

「それで、式はいつにしようか。いや、その前に両家の顔合わせだな。須崎さんは、親戚は近くにいるの？」

「はい。千葉と静岡に。でもそれほど頻繁に行き来しているわけではありません」

あおいが注いだ酒を、楠本はちびりと啜《すす》った。

「そうか。まあ、ふたりとも大人だからな。ご弟妹《きょうだい》とは今度一緒に食事でもするといい」

「そうですね」

愛想笑いとともに応じてちらりと寛之を見るが、彼はあおいと目を合わせようともしない。

その後は沈黙が続いて、早く時間が過ぎないかとそればかり考えていた。寛之の趣味だというパソコン作りのことはまったくわからないし、何か尋ねたところで返事は楠本を通してしか返ってこないのだ。

こういう時、蒼也だったら適当に話が合いそうなネタをどこからか見つけてきてくれただろう。あれは天性の才能だ。彼といて居心地悪く感じたことなど一度もなかった。

なんとなく気まずくなって、雪見障子の外に映るライトアップされた中庭に目を向けた。いつの間にか雨が降っていたらしく、樹々や庭石が濡《ぬ》れている。こんな時期に雨なんて珍しい。

その時、店のどこからか慌ただしい物音が聞こえてきた。低い男の声と仲居と思われる女性の声、少し離れた廊下を複数の人がバタバタと行き交う音がする。その音はどんどん近づいてきて、あおいたちがいる個室の外で止まった。

お客様、困ります！　と仲居が叫んでいる。

「なんだ？」

楠本が廊下のほうを見た時、勢いよく襖《ふすま》が開いた。その瞬間、あおいの心臓は雷に打たれたかのように震えた。

「蒼也さん!?」

思わず目を丸くする。複数の仲居がおろおろしながら立ち尽くす廊下に、全身ずぶ濡《ぬ》れになった蒼也が仁王立ちしていた。

「ま、またお前か！　性懲《しょうこ》りもなく！」

慌てふためいて尻でバックする楠本を横目に、彼は鬼の形相でずかずかと部屋に踏み込んできた。

そして正座しているあおいの手を掴んだかと思うと、ものすごい力で引き起こす。

あおいの両肩をがしりと掴んだ蒼也の手が痛いほど食い込んでいる。力強い三白眼に見据えられてあおいは動けなくなった。

「君は、……君は本当にそれでいいのか？」

ハアハアと荒い呼吸をしているのは、怒りのためではなさそうだ。おそらく全力疾走してきたのだろう。

（私のために？　でも、どうしてなの……？）

困惑しながら、鬼気迫る彼の双眸《そうぼう》を見つめていたが、楠本の視線に気づいてハッとした。寛之の姿が見当たらない。逃げてしまったのだろうか。

蒼也の胸を力づくで押し、急いで距離を取る。

「いいえ。……いいえ。私、部長の甥御《おいご》さんと結婚すると決めましたから」

蒼也がカッと目を見開いてもう一度あおいの両肩を掴んだ。

「ダメだ。君は好きでもない男に一生縛られるつもりか？」

パッと見は恐ろしく感じる三白眼があおいの瞳の先で揺れている。

今にも泣き出しそうに眉を震わせる彼の表情に、自分の胸が慟哭《どうこく》する声が聞こえた。

彼ほどの男が、たかが身体だけの関係の相手にここまでして望まぬ結婚を踏みとどまらせようとしてくれている。

でも、ダメなのだ。この胸に飛び込んだが最後、彼の人生までめちゃくちゃにしてしまうかもしれない。あおいは唇を噛《か》んで俯《うつむ》いた。

「おっ、お前はいったい何者なんだ！」

畳にへたり込んだままの楠本が、震える指で蒼也を指差した。

「この前のことといい、今日といい、やはり訴えるしかなさそうだな……！」

「部長！」

あおいが叫んだ瞬間に両肩から手が離れた。蒼也が楠本のほうへ身体を向ける。あおいからはその背中しか見えなくても、凄まじい顔をしているのが楠本の表情からわかった。

「訴える？　まさか、それを盾にして無理やり縁談を迫ったんじゃないでしょうね」

「無理やりとは人聞きが悪い。須崎さんは自分から首を縦に振ったんだ。言いがかりはよせ」

楠本がよろよろと立ち上がる。

「いいか、この前の件でも私の兄はお前を訴えると言っているんだぞ？　今日の件と合わせて、思いっきりふんだくってやるからな……！」

「どんな内容で訴訟《そしょう》を起こされるのかわかりませんが、そうしてくださって構いませんよ。訴訟《そしょう》を起こすには連絡先がいるでしょう」

落ち着き払った声で言って、蒼也はスーツの内ポケットから名刺入れを取り出した。

「申し遅れました。弊社がいつもお世話になっております」

スッと差し出された名刺を受け取った途端、楠本の目が零《こぼ》れ落ちんばかりに見開かれた。脂汗の浮かんだ彼の顔は青くなったり赤くなったりして、最後に紙のように白くなった。

「に、にに、日創地所？　取締役……常務っ!?」

「ええっ!?」

あおいも蒼也を見て目を丸くした。彼の肩書は取締役ではなく、常務でもなく、単なる部長だったはずだ。それがいつの間に取締役常務に？

楠本が青くなっている理由があおいにはよくわかった。同じデベロッパーでも、一部上場しており都市開発や海外事業まで手広く展開する日創地所は、フジチョウ建設とは規模が大きく違う。それに、フジチョウ建設の建設部門は彼らの下請け工事もする。『大切なお得意様』なのだ。

「蒼也さん、常務っていうのは……？」

蒼也の眉間がわずかに緩んだ。

「以前から内定してはいたんだけど、今日の役員会で全会一致で決まったんだ。父が会長に退き、取締役の席がひとつ空くことになってね」

あおいと楠本は、ひゅっと同時に息を吸った。

「父？　ということは、まさか……」

その直後、がばりと楠本が平伏した。

「日創地所の御曹司とは存じ上げずに数々のご無礼を働き、まことに失礼つかまつりました!!　ここはどうかひとつ、平に、平にお許しくださいませ～～っ！」

ははーっ、とばかりに額を畳にこすりつけたまま動かなくなる。時代劇みたいな一幕に呆気《あっけ》に取られるあおいだったが、どこからか聞こえてきたしくしくという泣き声に辺りを見回す。

部屋の隅で静かに泣いているのは、いなくなったと思っていた寛之だった。子供みたいに体育座りをして縮こまる彼を見て、彼に非はないものの、やはり早まらなくてよかったと思った。

蒼也がぼそぼそと耳元で囁《ささや》く。

「部長さんの名前は？」

「楠本です」

小声で返したあおいに、彼は頷《うなず》いた。

「楠本さん、顔を上げてください」

楠本の前にしゃがんだ蒼也が、静かな声で語りかける。楠本はうっ血して赤黒くなった顔を上げた。

「私も怒りに任せてこの場に踏み込んだ非礼は謝ります。申し訳ありませんでした。……ですが、それと彼女の見合いについてはまったく別の話です。私も詳しくは存じ上げませんが、あなたは上司という立場を利用して見合いを強要した。違いますか？」

「いいえ……間違いありません」

蓬髪《ほうはつ》を乱し、落ち武者みたいな姿で楠本がうなだれる。蒼也は残念そうに頷《うなず》いた。

「お認めになるのなら話は早い。おわかりとは思いますが、これはパワハラにあたります。もし彼女が穏便に済ませようとしても、テレビ局や週刊誌がこれをかぎつければ世間が黙っていないでしょう。この意味が、賢明なあなたならおわかりになるはずだ」

ヒッ！　と楠本が頬《ほお》をかきむしった。

「そんなことになったら会社をクビになってしまう！　住宅ローンもあと二十年あるし、娘がまだ高校生なんだ！　すっ、須崎さん!!」

楠本があおいの足元に膝で駆け寄ってくる。蒼也が素早く身を翻《ひるがえ》してあおいを庇った。

「お、お願いだ、頼むからこのことは内密にしてくれ！　すべては私の不徳の致すところ。見合いのことは詫《わ》びるし、山田さんの数字も全部君のものだ。だから、な？　頼むよ、この通りだ！　誠に申し訳ない!!」

パワハラを受けたとはいえ、直属の上司に土下座までされてあおいは戸惑った。わかりました、と言いたくなってしまうが、そう簡単に許していいものだろうか。正直な気持ちは許したくない、許せない、許すかコノヤロー！　と怒鳴りつけたいくらいなのだから。

「あおい」

しっとりと濡《ぬ》れた前髪の向こうから、鋭い三白眼がこちらを捉える。

「どうするかは君次第だ。何も今すぐに答えを出す必要はない」

蒼也がポケットから半分ほどスマホを覗かせた。その画面には、録音中を示す赤い印が点灯している。

あおいはいったん目を閉じ、深く息を吸ってから口を開いた。

「では部長、きちんと業績が反映されるまでは保留させていただきます。その間、部長のことを私、しっかりと見てますから」

「は、はい……！　心を入れ替えて職務に邁進《まいしん》いたします！」

「それと、寛之さん」

くるりと踵《きびす》を返して、部屋の隅で泣いている寛之のもとへ歩みを進める。

彼は体育座りをした膝から顔を上げたが、やはり視線は畳の上に置いたまま。かわいそうに、涙だけでなく鼻水まで垂れて顔がぐちゃぐちゃだ。

「よかったら使ってください」

寛之の前に正座してハンカチを手渡すと、彼がぴょこっと頭を下げて受け取る。

「申し訳ありませんが、あなたとは結婚できません。理由はおわかりになりますか？」

寛之の顔が整うのを待って口を開いたが、やはり返事はなく、首を縦にも横にも振らない。彼は仕事ができると楠本は言っていたが、とても本当のこととは思えなかった。

「そうですか……とても残念です。最後くらいはご自分の言葉で言いたいことを言っていただけるとよかったんですが」

立ち上がって背を向けると、後ろから蚊の鳴くような声がかかる。

「あ、あの」

あおいはびっくりして振り返った。彼のほうから声をかけてきたのは初めてだ。

寛之は真っ赤な顔をして、鼻を啜《すす》りながら頭を下げた。

「こんな僕に優しくしてくれて……ありがとうございました」

「優しく……？」

そう尋ねると、寛之がこくりと頷《うなず》く。

「ホテルでのお見合いの時に、ジュースを零《こぼ》したのを……拭いてくれたので」

「ああ、そんなこと。気にしないでください」

「いえ、嬉しかった……ので」

ぺこぺこと頭を下げる寛之に、あおいはやっと頬《ほお》を緩めることができた。

彼も気の毒な人だった。楠本の強引なやり口のせいでいろいろな人が痛い目を見た。


店に迷惑をかけたことを全員で謝罪したのち、あおいと蒼也はタクシーでその場を離れた。落ち着いた雰囲気の中で静かに食事を楽しむために訪れた客は、きっと仲居たちに文句を言っただろう。あおいは明日もう一度、菓子折りを持って蒼也と謝りに行くつもりだ。

ふたりを乗せたタクシーは、都心のど真ん中を抜けて夜の街を走っている。

あおいは蒼也の胸に頭を預けていた。彼のスーツは湿って冷たかったけれど、自分のために尽力してくれた証だと思うとそれすらも嬉しかった。

恋人繋ぎにされた手に、もう一方の手を重ねる。

「蒼也さん、助けに来てくれてありがとうございました。来てくれなかったらどうなってたか……」

「あのボンクラの妻になってただろうな」

「ボンクラだなんて」

そう言いつつも否定できないのは、部屋の隅で縮こまる寛之の姿を見てしまったためだ。

蒼也があおいの頭をかき抱いた。

「大変な目に遭ったな」

「ホントですね……蒼也さん、お疲れさまでした」

あおいの頭が彼に頬《ほお》ずりされる。

「君のことを言ったんだけど。いつだって人のことばかり考えてるんだな」

「そんなことはありませんよ」

本当にそうだったら、はじめから部長には数字の一部をわけただろうし、喜んで寛之と結婚したはずだ。

「でも、俺のことを訴えると言われたから今夜の話し合いに応じたんだろう？　見合いの席に乱入しただけで訴えられることなんてないのに」

「えっ⁉」

目を丸くすると、蒼也がクスッと笑う。

「なんだ、気づかなかったのか」

「は、はい……そういえば、暴力をふるったわけでも恫喝《どうかつ》したわけでもありませんよね。私、ちょっとテンパってたかも」

「俺のためを思ってくれたんだろう？　嬉しいよ」

ちゅ、と軽く口づけをされて思わずルームミラーを確認する。運転手はこちらを気にしてもいない。

「それにしても、楠本さんの件を先延ばしにしたのはよかったな」

「どうしてですか？」

「少なくとも、君の業績が正式に反映されるまで、彼はいつリークされるかとビクビクして過ごすことになる。少し素行がよくなるんじゃないか？」

あおいは顔を上げて蒼也を見た。流れていく車のヘッドライトに照らされる彼は、皮肉っぽい笑みを浮かべている。

「そんなこと考えてませんでしたよ。蒼也さんって案外……」

「腹黒いってよく言われるよ」

口にするのをためらったのに先に言われてしまい、一緒にくすくすと笑った。

「そろそろ着きそうだ」

蒼也が頭を下げて窓の外を覗く。

タクシーは依然として都心を走っていた。今夜はいつもみたいにホテルではなく、彼のマンションに向かっているのだ。

あおいはずっとドキドキしていた。自宅に招かれるなんて正式な恋人みたいだ。

やがて、きらびやかにライトアップされたタワーマンションが見えてきて、タクシーは吸い込まれるように車寄せに入った。彼が支払いを済ませているあいだ、先に降りたあおいはそびえたつ建物を首が痛くなるまで見上げた。凹凸《おうとつ》の少ないシンプルな外壁は現代的で、ライトアップされたアプローチのドライガーデンがリゾート的な雰囲気を醸し出している。

「すごい……」

そう言ったきり言葉が出てこない。仕事でタワーマンションの資料を見る機会なんていくらでもあるのに、実際に敷地の中まで入ったことはなかった。

きらびやかなエントランスホールを抜け、何基も並ぶエレベーターのひとつに乗った。

「蒼也さん、すごいマンションに住んでるんですね」

ぐんぐん上がっていく階数表示を眺めながら感心する。エントランス前のコンシェルジュカウンターにはスタッフがいて、シンプルで洗練された内装からは高級感がダダ漏れだ。

蒼也が肩をすくめる。

「ここに連れてくるのが嫌だったわけじゃないんだ。ホテルのほうがいろいろと楽だろう？」

「まあ、そうですね」

彼と身体を重ねたのは、何も週末ばかりではなかった。仕事で疲れているのに汗で汚れたシーツを洗うのは大変だろう。

パネルが四十五階を示し、ドアが開いた。降りてわかったが専用エレベーターだったらしく、ほかの部屋のドアがどこにも見当たらない。

先に玄関に入った蒼也に手を引かれ、廊下の先にあるリビングに足を踏み入れた。落ち着きのあるほのかな明かりがついた瞬間に目の前が開けて、あおいは顔を輝かせる。

「わあ……素敵……！」

短い廊下の先にあるリビングはモノトーンを基調としたモダンな内装で、ドラマにでも出てきそうな空間だった。部屋の中央に敷かれたラグの上には、六人掛けのソファとガラステーブルが置かれている。窓は全面ガラス張りで角部屋なのに柱はなく、すべての窓を開けたら空と一体化した部屋になることが容易に想像できた。

天井は高く、床はぴかぴか。ソファセットと観葉植物以外は、壁際にテレビやオーディオが置かれているだけでほかには何もない。何より清潔なのが素晴らしい。ごちゃごちゃと物が溢れたあおいのアパートと違って、とにかくおしゃれだ。

「え……どうしよう。こんな部屋が見られるなんて嘘みたい……」

「仕事するなよ」

隣で蒼也が笑う。確かにそういう気持ちになってはいたが、これだけ現実離れした部屋を見せられれば仕方がないだろう。

こんな部屋を見るのは最初で最後に違いない。室内を隅々まで見てみたい気持ちがむくむくと湧いてきたが、まずは冷え切った蒼也の身体をどうにかしなくては。

あおいは蒼也の頬《ほお》を両手で挟んだ。まるで氷に触れているみたいだ。

「こんなに冷たくなって。早く脱がないと風邪ひいちゃいますよ」

蒼也の手があおいの手に重なる。高い位置から見下ろしてくる三白眼は挑戦的で蠱惑《こわく》的だ。彼の目がスッと細められた。

「あおいが脱がせて」

「私が？　……わかりました」

蒼也に手を引かれて洗面所に移動し、濡《ぬ》れて重くなった上着を彼の肩から下ろした。ハンガーにかけ、ベストを脱がし、ネクタイを外す。

トラウザーズを下ろすと、シャツの裾のあいだに黒いボクサーショーツが見えた。心なしか中心部が膨らんでいるようだ。どうしてもそこに目がいってしまい、慌てて立ち上がる。

蒼也は自分で靴下を脱ぎ、バスケットに放り投げた。引き続き、あおいはシャツのボタンをひとつずつ外す。額に彼の吐息がかかり、胸のドキドキが止まらない。

「あの……質問してもいいですか？」

「なんだ？」

「お見合いの日に、蒼也さんと一緒にいた女性はどういう方なんでしょ――」

そこまで言って、自分の言葉にハッとした。

「あっ、ちがっ……！　そ、そういう意味じゃなくて、すごくきれいな方だったので、どういう素性の方か気になって……！」

ちょうどボタンを外し終わり、彼にくるりと背を向ける。

「かっ、勘違いしないでほしいんですけど、蒼也さんの恋愛事情について詮索する気はないんです。望まぬ結婚をしようとしていたところを、身を挺《てい》して助けてもらっただけでじゅうぶんですから」

後ろから回された手に腰を抱かれ、あおいは息をのんだ。

「それじゃ俺がじゅうぶんじゃないんだよ」

「え……？」

髪に優しく口づけが落ちる。冷え切った身体にふわりと抱きしめられ、肌が粟立《あわだ》つのを感じた。

「彼女のこと、気になる？」

あおいは震える息を吐いた。

「気にならないはず、ないじゃないですか」

「そうだな。君にはちゃんと話しておこう」

蒼也が女性について話すのを、あおいは黙って聞いていた。

女性の名前は朝倉華。世界を股にかけるモデルらしいと聞いて、あの美貌とスタイルのよさに納得した。彼の父親の知り合いの娘で、何年も前から縁談を持ちかけられていたものの、気が合わなくて先延ばしにしていたらしい。彼女に対し、やんわりと縁談を断ったことも何度かあったが、取り合ってもらえなかったようだ。とにかく自信家なのだそう。

「あの日、父にはこっぴどく叱責を受けたよ。彼女の父親は政界のドンだから」

蒼也の言葉に静かに息をのむ。

「朝倉……？　もしかして、国土交通大臣の朝倉さんですか？」

「元大臣な。父は朝倉さんと古い付き合いがあって、それで彼女を俺に押しつけてきたんだ。彼女とはまったく気が合わないと何度も言ったんだけど、父もなかなかしつこくてね」

「そうだったんですか……あんなことしちゃって大丈夫でしょうか」

クスッと蒼也が笑い、あおいの髪を揺らす。

「特に理由もなく、今回の縁談はなかったことにしよう、って電話があったようだ。朝倉華は自分を特別な人間だと思ってるから、ひどい目に遭ったことが許せないんだろう」

ああ、とあおいは妙に納得した。

「ですよね。蒼也さんが私なんかにちょっかい出してるところを見てしまったんじゃ……あぅっ」

「『私なんかに』？」

ムニッと頬《ほお》を摘ままれた。肩越しに顔を覗き込んできた蒼也が、にやりとする。

「そのかわいい唇がそんなこと言うのか？」

頬《ほお》を摘ままれたまま壁際に追いやられた。蒼也が身体を押しつけてくる。ちゅ、と、口づけされた時、彼の身体の中心部がぴくりとうごめいた。一度唇を離した蒼也が、欲望に駆られた瞳で射貫《いぬ》いてくる。

「こんなんじゃ全然足りない」

彼はあおいの後ろの壁に肘をつき、強く唇を押し当ててきた。ちゅっ、くちゅ、ちゅる、という淫らな音が閉ざされた空間に響き渡る。冷たい唇とは対照的な熱い舌が、あおいの口内を貪《むさぼ》った。

情熱的な口づけを交わしながら、あおいは蒼也の身体にまとわりつくTシャツをまくり上げる。一度唇を離して首から引き抜き、またキスに戻る。さっきまで冷えていた彼の身体はすぐにあたたかくなった。押しあてられた欲望の塊が、あおいの下腹のあたりで主張している。

唇が離れると、ふたりのあいだに銀の橋が掛かった。蒼也は荒い吐息とともに、あおいの額に自分の額をくっつけた。

「君は自信を持っていい。こんなにも俺に愛されてるんだから」

（んんッ⁉）

今、とんでもないことを耳にした気がする。しかし、すぐにまた唇を塞がれてしまい、ただただ困惑した。スカートの下から蒼也の手が忍び込む。ストッキングの上から荒々しく臀部《でんぶ》をまさぐられ、ショーツと一緒に引き下ろされても心が戻ってこない。

（愛されてる？　愛されてるって？　どういうことなの？）

戸惑っているうちにスカートが下ろされ、ジャケットを脱がされて下着だけになった。

「あ、あの、蒼也さん？」

「ん？」

彼はあおいの服を脱がすのに夢中のようだ。キャミソールの上からブラのホックを外して器用に引き抜く。

「い、今、『俺に愛されてる』とか言いませんでした？」

「言ったよ」

「ひゃぁん」

下からすくい上げられたバストの先端を蒼也が吸い立てた。キャミソールの上から、ちゅぱっと吸ったり、舌で押したり、そっと噛《か》んでみたり……じんとした甘い痺《しび》れにすぐに骨抜きになった。

「ふぁ……あん、蒼也さぁん」

くねくねと腰を捩《よじ》り、太腿《ふともも》をこすり合わせる。

とても待ちきれなくて蒼也の腰を引き寄せた。さっきから欲望の猛《たけ》りを見せつけてくるボクサーショーツの中心部に手で触れる。

「う……」

彼の唇から短い呻《うめ》きが漏れた。なんだかとてもいい気分だ。薄い生地の下で張り詰めるものを、優しく撫《な》でる。

「ね、蒼也さん……本当に？　本当の本当に私のことを？」

「ん……う、好きだよ。愛してる」

彼は壁に両手を突き、うっとりとした目であおいを見た。嘘みたいだ。彼みたいな人が、どうして私を……？

硬く突っ張った生地に染みた露を、くるくると指で弄ぶ。

「私も、あの……蒼也さんが好きです。大好きです」

「あおい、それ、我慢できなくなるから」

顔を上げると、眉を寄せた蒼也がはあはあと荒い息をしている。あおいは彼のうなじに両手を回した。

「我慢なんかしなくていいです」

そう言うや否や、蒼也に勢いよく抱きすくめられた。腹に当たる漲《みなぎ》りはまるで鈍器だ。もう腰を振っていて、あおいはクスクスと笑った。

蒼也に連れられて入ったバスルームは広くて清潔で、ほんのりあたたかかった。シャワーを軽く浴び、いい匂いのするボディソープで身体を洗いっこする。

「気持ちいい？」

「は……ん、気持ち、いい」

たっぷりの泡で後ろからバストを弄ばれ、とてもいい気持ちだった。乳首を指でしごかれつつ、脚のあいだから差し込まれた彼の昂《たかぶ》りに谷間を撫《な》でられる。早くもあおいはさっき一度達していた。

蒼也があおいの肩に顎を乗せる。

「ダメだ、イキそう」

「本当に？」

普段の彼ならこんなに早くない。

「君の中でしか果てないって決めてるんだけど」

「ふふ……じゃあもう出ましょうか」

身体もすっかりあたたまったようだ。熱いシャワーでふたり分の泡を流し、脱衣所では蒼也があおいの身体まで拭いてくれた。

「君の着るものがないな。この部屋に入れた女性は君ひとりだから」

その言葉に、あおいはにこにこと相好《そうごう》を崩した。そんなことまで求めていなかったけれど、心から嬉しい。今まで彼を勘違いしていたかもしれない。

蒼也から借りたシルクのパジャマのシャツはあおいには大きすぎた。丈が太腿《ふともも》の中ほどまであり、ショーツを穿いていなくても問題ないように見える。ズボンは長すぎて借りられなかったため、脚がスースーした。

お姫様抱っこで寝室に運ばれてベッドに横たえられる。

「なんかエロいな」

ダブルベッドの横に立った蒼也が、あおいの全身を眺めて言った。

「どうしてですか？」

「なんでもない。ここに座って」

ポンポンと彼が叩いて示したベッドの端に、あおいは脚を下ろして座った。すぐ目の前のフローリングの床に蒼也が跪《ひざまず》く。彼を見下ろすことなんて滅多にないから新鮮だ。

「君を抱く前に言いたいことがある」

「な、なんでしょう」

蒼也の顔つきは真剣だった。いつになく改まった態度がなんだか怖いような気もする。

だから、彼が口にした言葉が一瞬理解できなかった。

「え……？　今なんて……」

あおいの手が、蒼也の両手に恭しく包まれた。

「俺と結婚を前提に付き合ってくれって言ったんだ。一度断られたのにしつこいと思われるかもしれないけど、君を絶対に放したくない。もっと大切にしたいんだ」

ぶわっと涙が溢れてきて、あおいは両手で顔を覆った。

「あ、あおい？」

珍しく慌てた様子の蒼也の声が耳に届く。

あおいは顔を隠したまま、ぶんぶんと横に振った。きっと、ひどい顔をしているはずだ。こんな不細工なところを見られたら、きっと嫌われてしまう。

なかなか泣きやむことができなかった。しばらくして蒼也が隣に座った。そして肩を抱き、静かに待ってくれている。それがありがたいやら、申し訳ないやら。

「ほら、これで涙拭いて」

渡されたハンドタオルを顔に押しつけると、ふわりといい香りがする。イケメンは匂いまでいいのだ。

しゃくりあげながら、あおいはタオルを顔から外して息を吐いた。

「ごめ……なさい。私、嬉しくて」

うん、うん、と蒼也が優しく頭を撫《な》でる。

「大丈夫だよ。話聞けるようになった？」

こくりと頷《うなず》く。タオルを奪われて、またひと粒、頬《ほお》を転がった涙を彼は拭ってくれた。

「正直に言うと、最初に君に付き合わないかと言った時は、興味本位だったんだ。でも、いろいろと話をするうちにどんどん惹《ひ》かれていった。家族のこと、妹さんの学費を稼ぐために頑張って働いていること。お父さんが出ていった時の話を聞いた時には、俺も自分のことのように腹が立ったよ」

「え……？　私、そんなことまで話しましたっけ？」

優しい表情をした蒼也に、あおいは涙に濡《ぬ》れた目を向けた。

「君は覚えていないかもしれない。酔っぱらっていたからな。でも、俺は聞けてよかったと思ってる。酔ってる時だけ、君は自分を解放できるんだろう」

蒼也が続ける。

「葉山に行った時に、俺にバースデーケーキを作ってくれたのを覚えてる？」

「もちろん覚えてます」

蒼也の三白眼が細められる。

「君と人生をともにしたいと思ったのはその時なんだ。子供の頃、親に誕生日を祝ってもらったことなんて一度もなかった。君が砂でケーキを作って誕生日の歌を歌ってくれた時、あたたかい家庭の姿がスッと頭に浮かんだんだよ。頬《ほお》についた砂粒をきらきらさせながらおめでとうと言った君の笑顔を、この先ずっと守りたいと思った。命が尽きるその時まで、隣で笑っていてほしいって思ったんだ」

「蒼也さん……」

泣きそうになるのを、唇を噛《か》んで堪《こら》えた。これ以上泣いたら、本当に彼を困らせてしまう。

蒼也が育った境遇については、まだ知らないことのほうが多い。裕福な家庭で何不自由なく育ったと考えるのは早計で、彼もいろいろな思いを抱えて大人になったのだ。自分とはまた別の苦労があったのだろう。

蒼也が急に咳払《せきばら》いをした。

「なんかこういうの……照れ臭いな」

顔を背けて口元を覆う姿がちょっとかわいらしい。あおいは彼の腕に自分の腕を絡ませた。

「嬉しいです。そんなふうに思われてるって、私全然気づかなくて……ごめんなさい」

頭を下げたところ、ポンポンと撫《な》でられる。

「俺も口下手なところがあるから、ごめんな。その代わり、これからいっぱい気づかせるから。それで……返事は今聞かせてもらえると嬉しいんだけど」

いつになく不安げな眼差しが揺れている。はじめに付き合ってほしいと言われた時や、見合いをぶち壊しに来てくれた時に、素っ気ない態度を取ってしまった自分のせいだ。

彼の行動を振り返れば、これまでに何度も自分に対する気持ちをぶつけていたのがわかる。これからは素直に彼の思いを受け止めたい。自分に素直になりたい。

あおいは膝の上で両手を揃《そろ》えて腰を折った。

「はい……よろしくお願いします。できれば、末永く」

胸に深く息を吸い込んだ蒼也が、目を閉じて天井を仰ぐ。彼は何度か瞬《まばた》きをして、ため息をついた。

「あおい……！」

「ひゃっ」

いきなり強く抱きしめられて、乾いて突っ張った頬《ほお》に笑みを浮かべた。

「ありがとう。……ああ、よかったぁ……」

彼の心の声が素直すぎて、ふふ、と笑いが零《こぼ》れる。

(蒼也さん、本当にいい人だなあ)

イケメンなだけでなく、日本を代表する会社の御曹司として生まれたのに、気さくで威張ったりせず周りからも好かれている。こんな人に生涯の伴侶として望まれて、本当にいいのだろうか？

実はドッキリでした、なんてどんでん返しがあったりとか。

そんなあおいの疑問を吹き飛ばすように、蒼也がきつく抱きしめてくる。

「大切にするよ。君も、家族も。愛する人に安心感を与えるのは男の義務だ。君とだったら、絶対に幸せな家庭を作れる」

「ありがとう、蒼也さん」

あおいは頷《うなず》いて、溢れる幸せを噛《か》みしめた。もう泣いたりしない。明るい未来の話に涙なんていらない。

抱擁を解いた蒼也の瞳が揺れていた。瞼《まぶた》を閉じると、彼の唇があおいの唇に重なる。そっと食《は》んで離れ、一度視線を絡ませてから、もう一度唇を合わせる。

あおいは蒼也の肩に腕をかけた。上唇が優しく吸われ、角度を変えて今度は下の唇がそっと食《は》まれる。舌先で唇の裏側がなぞられた。ちゅっと唇を吸われ、顎を指で開かされて、舌が忍び込んでくる。

甘ったるいキスが、雲間に揺蕩《たゆた》っているように心地いい。シルクの生地の上からすくい上げられたバストの先端が弾かれる。

「ん……」

愛撫《あいぶ》されなくても、脚のあいだはしっとりと濡《ぬ》れていた。もうずっと、タクシーに揺られている時から彼が欲しくて堪《たま》らなかったのだ。

キスをやめた蒼也が、さっきみたいにあおいの足元の床に跪《ひざまず》いた。脚を下ろされたが、彼が何をしようとしているのかわからない。

　両手で掴まれた膝が、がばりと開かれた。

「きゃっ」

「隠さないで」

「でも……あっ」

　秘裂を指で撫《な》でられて、ビクンと太腿《ふともも》が跳ねた。

「ひゃ……あ……あんっ」

　長い武骨な中指の腹が、するすると花びらのあいだを這《は》う。両手を後ろにつき、あおいは下肢を震わせた。脚のあいだに蒼也の端正な顔がある。睫毛《まつげ》を伏せ、唇を薄く開いた表情がなんとも色っぽい。

「あおいのここ、よく見えるよ。きれいだ」

　甘い声が吐息を運び、花びらを揺らす。それだけで新たな蜜がじゅんと零《こぼ》れた。そこがヒクついているのが自分でもわかる。どうしようもなく恥ずかしくて、口元を手の甲で覆った。

「あんまり……んッ……見ないで……」

「そういうところもかわいいよ。俺がこんなに惚れた女だから……全部かわいい。見てて」

　下草の向こうで蒼也が舌を出すのが見えた。その先端が秘所を舐《な》め上げた瞬間、あおいはビクッと震えた。

「ふぁっ……！」

ぴちゃぴちゃと音を立てて、彼はそこを舐《な》め回した。花弁の内側をくすぐり、蜜口に舌を差し入れたり、強く押しつけたりする。敏感になった花芽をチュッと吸われると、強烈な刺激にじっとしていられなくなった。それに気をよくしたのか、今度はそこばかりをいじめてくる。舌で小刻みにこすられたら思いがけず達してしまった。

「ひ……あ、はぁンっ」

絶頂してすぐに指が入ってきた。圧倒的な気持ちよさに声が止まらない。腰は勝手に揺れ、節くれだった指を蜜洞がぎゅうぎゅうと締めつける。

「ん、んん……ッ」

「すご……吸いついてくる。気持ちいい？」

こくこくと頷《うなず》く。

「ちゃんと言って」

「あ、ふ……あっ、ゆ……指、きもちい……ひぁっ」

このままではまた達してしまいそうだ。でも、もっと欲しいものがほかにある。

「お願い……早くぅ」

蒼也の肩を掴んでねだる。思いがけず甘えた声が出てしまい、恥ずかしくなった。でも、それがよかったのか、興奮した様子の蒼也がベッドに上がってくる。

彼がぴたりと身体を寄せると、男らしい匂いが漂ってきた。

「俺が欲しい？」

強い三白眼に捉えられ、ぞくりと腰が震える。

「欲しい……蒼也さんのが欲しいの。来て」

「わかった」

彼はベッドから手を伸ばして用意してあった避妊具を手に取ると、パッケージを歯で破いた。結婚を前提に付き合うと決まってても、その日が来るまで避妊してくれるのは嬉しい。

素早く装着を終えて戻ってきた蒼也が、あおいの膝を持ち上げ、深く、深く侵入してくる。

「あ……は、あんっ……！」

熱い塊が入ってきた瞬間、あおいは蒼也の肩に爪を立てて悦《よろこ》びに打ち震えた。これだ。ずっと求めていたもの。逞《たくま》しく漲《みなぎ》ったものに力強く隘路《あいろ》を広げられる感覚が堪《たま》らない。

何度身体を重ねても、彼は最初に挿入する際はゆっくりと入ってきてくれる。その優しさが嬉しかった。蒼也は最高の男だ。

最奥まで到達した時、大きな腕でギュッと抱きしめられた。固く抱き合って、ふたりしてため息を漏らす。

「ヤバい……もう気持ちいい……」

あおいの口元が自然と緩む。

「ふふ……私も同じです。ずっとこうしていたい」

「まあな。でも、これも気持ちいいだろう？」

蒼也が身じろぎした次の瞬間、身体の奥にズンと衝撃が走った。

「ふぁんッ」

軽く突かれただけなのに、もう甘い。けれど、それがあおいの欲望に火をつけた。

「やめちゃダメ」

蒼也の瞳に訴えかける。ふっくらとした彼の唇に官能的な笑みが浮かぶのを見た直後——

「んあぁっ……！」

胎内を一気に滑り込んできたものに、大きな嬌声《きょうせい》が迸《ほとばし》った。昂《たかぶ》りが引かれ、また穿《うが》たれる。さらにもう一度、もう一度。

くちゅん、ぱちゅん、という猥雑《わいざつ》な音とともに、屹立《きつりつ》が蜜洞を素早く駆け抜けた。濃密な快感が次々と刻まれる。どうすればあおいが気持ちよくなるか、彼はあおい以上にわかっていた。

今夜は中ほどから奥にかけてが特に感じる。昂《たかぶ》りがそこを通過するたび、恥ずかしいほどの声が出てしまう。

「は……あぁん、あんっ、そこ、もっと、もっとぉ」

蒼也の首に両手を回し、あおいは啜《すす》り泣きみたいな声を漏らした。首筋をあたたかな吐息が撫《な》でる。彼の動きに合わせて、頬《ほお》を湿った髪がくすぐる。

「すげぇ……いい……あおいのなか……本当に最高」

かすれた低い声が耳に心地いい。蒼也も感じている。この身体の中を心ゆくまで味わってほしい。

両太腿《ふともも》の裏側を強く押され、あおいはほとんどふたつ折りになった。その上から蒼也が圧《し》し掛かるようにして、激しく突き入れる。

「あ、んんッ！　ふ……うッ」

あおいからは、蒼也が出たり入ったりする様がはっきりと見えた。たっぷりと蜜を纏った黒々とした肉杭が猛々《たけだけ》しい。彼はいつだって硬くて、大きくて、そしてタフだ。

蒼也と目が合うと彼はにやりとした。

「よく見える？」

「ん、ふ……ッ、すごく……エッチです」
フ、と小さく笑う声。
「今もっと気持ちよくしてあげるから」

自分の親指を舐《な》めた蒼也が、秘核に触れた。

「ひゃああんッ！」

とてつもない快感に襲われて、全身がびくりと震えた。目の前がチカチカする。胎内を硬いものでごりごりと抉《えぐ》られ、同時に敏感すぎる花芽をいたぶられるなんて。

「はぁ、ああっ、あ……無理……もう無理……んうッ！」

自分の頭の横に突かれた蒼也の腕を、あおいは力任せに握った。喘《あえ》ぎが止まらない。呼吸は速く、浅くなり、あまりの気持ちよさにどうにかなりそうだ。

くるくると秘核を撫《な》でる指のスピードが上がった。いよいよ差し迫ってきた予兆に薄く目を開ける。

「あっ、あっ、蒼也さん、イきそう、イッちゃうっ……！」

「あおい……っ」

胎内をものすごいスピードで突かれ、膨らみ切ったわだかまりが弾けた。強い絶頂感と、充足感に包まれる。その後一気に脱力して、ふわふわと心地いい酩酊《めいてい》が身体の隅々まで広がった。

「ヤバい……もってかれそう」

じっと耐えている蒼也が面白いやら、かわいらしいやら。そんな蒼也が愛おしくて、彼の首根っこに両手を回してクスクスと笑う。

ちゅっ、と耳にキスをされてあおいは首をすくめた。そこが弱いことはもうバレているらしい。

「ちょっとごめんな」

繋がったまま片脚だけ蒼也を跨《また》がされ、今度は横向きになった。重なったスプーンみたいに後ろから抱かれる格好だ。

腕を差し出されて頭をのせた。腕枕をしたその手でバストを弄ばれ、甘い吐息が零《こぼ》れる。

「ん……」

さっきまでの激しい抽送から打って変わって、優しい愛撫《あいぶ》だった。胎内をゆっくりとうごめくものが穏やかな波のようで心地がいい。

「愛してる」

その囁《ささや》きに、首を回して蒼也を見る。彼は今にも眠ってしまいそうなほど安らいだ顔をしていた。

「私も、蒼也さんを愛してます。……今、すごく幸せです」

あおいは腹部に回された彼の手に自分の手を重ねた。こんなに素敵な人が自分を愛してくれるなんて、夢ではないだろうか。

蒼也の指があおいの唇をするするとなぞった。歯の隙間から舌を覗かせると、指で撫《な》でてくる。

意外にも気持ちがよくて、口の中に招き入れた。武骨で男性的な指だ。舌で絡め取り、ちゅぱちゅぱと舐《ねぶ》る。

「ふ……んふ」

「あおい……」

うなじに当たる蒼也の息遣いがだんだん荒くなってきた。あおいの口の動きに合わせて、胸の頂を弄ぶ指も、律動もスピードを増していく。

「んふ……んっ」

耳を舐《な》められて、ビクンと肩が跳ねた。彼はあおいの耳たぶを吸い立て、耳殻に沿って上へ向かい、耳の裏側を舐《な》めたり、また耳たぶを吸ったり……

「あっ、あっ、ん、耳……感じちゃう」

「もっと感じて」

蒼也は気をよくしたのか、あおいの反応に合わせて耳を執拗《しつよう》に舐《な》めた。後ろからきつく抱きしめ、両方のバストを弄びながら、秘所の入り口を丹念に屹立《きつりつ》で攻めてくる。

「あ、んむ、あンッ……！」

急に訪れた波にさらわれ、あっけなく達してしまった。けれど、タイミングを逃したせいで今さら言い出せない。激しく続く抽送にあおいは目を白黒させた。

「あ、あんっ！　ちょっ……まっ、待って」

「もしかして今イッた？」

なぜか楽しそうに蒼也が言う。腰を動かしたまま。

「ひゃっ、あっ……イッ……てないです、イッてない、あっ」

「本当に？」

かえって動きが大きくなる。

「ああっ、ダメっ、そんなに動いちゃ……！　ううっ」

達したばかりで敏感になっていたのか、また軽く達してしまった。肌は粟立《あわだ》ち、身体じゅうの痙《けい》攣《れん》が止まらない。

蒼也がギュッと抱きしめてきた。

「イきすぎ」

「だって……気持ちいいんだもん」

「かわいいな。俺も嬉しいよ」

キスが落ちてきて、あおいは唇を開いた。蒼也の頭を引き寄せ、ねっとりと舌を絡ませ、唾液を交換する。角度を変えつつ、首を傾《かたむ》けつつ、じゅっ、ちゅぱ、と淫靡《いんび》な音を奏でる。

唇を離した時、ふたりの口からはため息が漏れた。

「蒼也さんも我慢しないで」

「一緒にイきたいの？」

「うん」

とろけそうな顔つきの蒼也に頷《うなず》いた。するりと出ていった彼が、あおいを仰向けにしてもう一度入ってくる。軽々と抱き起こされて、向き合って座る形になった。

慈しみ深い目をした蒼也が、あおいの額にかかった髪を手でよけた。

「きれいだよ、あおい」

「ありがとう……」

嬉しくて唇を噛《か》む。彼のほうがよっぽど整った顔立ちをしているのに、ちょっと恥ずかしい。

あおいにしてみれば、自分などでは釣り合わないと思っていた相手だ。愛おしげな蒼也の眼差しからは、あおいのことを心から思っている様子がひしひしと伝わってくる。こんなに嬉しいことがあるだろうか。

ゆっくりと律動が始まって、彼のうなじに両手をかけた。こんもりとした胸筋が目の前にある。スーツが似合うのは着やせするからで、裸の彼は逞《たくま》しくて頼りになる男なのだ。一家の大黒柱として家族を守ってくれるに違いない。

あおいの臀部《でんぶ》を抱えた蒼也が、滑らかに腰を回した。蜜洞を翻弄する官能的な刺激を、背中を反らして受け止める。

「あ……は、蒼也……さぁん。好き……大好き」

彼が腰を回すたびに甘い快感が駆け抜けた。ぐんと反らした喉に噛《か》みつくようなキスをされ、ぞくりと腰が震える。

彼の唇は首筋を這《は》い回り、耳の脇をくすぐり、肩、二の腕と下りていった。唇がバストの頂点を捉えた時、思わずビクッとしてしまう。屹立《きつりつ》が胎内にある時に胸を弄られると弱いのだ。

「んっ、ふ……うぅンッ……あ」

じっとしていられなくて、腰をもじもじと揺らした。蜜洞の刺激が余計に強くなるばかりか、硬く筋張ったものに自ら花芽をこすりつける格好になった。

「やっ……あ、あんッ、すごい……気持ちいいッ」

「エロい女だな……興奮するよ」

ふふ、と吐息まじりに笑みを零《こぼ》す低い声が色っぽくて、ゾクゾクした。絡み合う眼差しは強く、情熱的で、鋭い三白眼で見つめられると、それだけで身体の芯が疼《うず》く。

あおいの臀部《でんぶ》は大きな手で鷲掴みにされ、パンパンと音が鳴るほど矢継ぎ早に打ちつけられた。滴るほど濡《ぬ》れているせいで何の抵抗もなく滑るのだ。

「あおい」

「う、う……ッ、は、はあ、あ……」

「あおい……ッ」

「蒼也……さんっ」

熱を持った花びらが、ヒクヒクとうごめいていた。彼を抱く場所も熱い。研ぎ澄まされた感覚が、あおいを絶頂へといざなっている。

「あ、あっ……来る……」

「一緒に……イくよ」

呻《うめ》くように蒼也が言った途端、抽送がいっそう激しくなった。蒼也のうなじに回したあおいの両手が取られ、恋人繋ぎに握られる。ずちゅっ、ずちゅっ、と水音が高らかに響き渡り、絶頂の予感に目を見開いた。

「んあッ……！　蒼也さん、イきそうっ……イッちゃう！」

「あおい……あおいッ！」

視線を絡めあったまま、あおいは絶頂を迎えた。目の前にある蒼也の顔が一瞬歪《ゆが》み、歯を食いしばり、そして放心したように息を吐いた。

「あ、あ……ああ……ッ」

いつまでも終わらない絶頂感に震えながら、あおいは深く瞬《まばた》きをした。身体の奥で、ポンプみたいに力強く脈打つ彼の昂《たかぶ》り。繋がってる――その思いに、この上ない幸せで胸が満たされた。

汗ばんだ逞《たくま》しい腕が、あおいをきつく抱きしめてくる。押しつけられた分厚い胸筋に息もできなくて、ぷはっと彼の鎖骨の上に口を出した。

胸いっぱいに息を吸うと、男らしい匂いが鼻腔《びこう》を満たした。

（いい匂いだなぁ）

無意識に口元が綻ぶ。彼の匂いが大好きだ。夏の草原みたいに爽やかで、森の木陰みたいに落ち着く匂い。ずっとこうしていたい。ずっとそばにいたい。

どのくらいそうしていただろうか。蒼也の背中から汗が引く頃、身体の中から彼が出ていった。

お姫様みたいに丁重にベッドに横たえられたあおいの隣に、蒼也が寝ころぶ。

厚い胸に頭をのせ、引き締まった太腿《ふともも》に脚を絡ませた。こんなことは恋人の特権だと思っていたけれど、これからは、し放題だ。

あおいの頭を蒼也の手が優しく撫《な》でた。顔を向けようとすると、なぜか彼がそっぽを向いてしまう。

（ん？）

首を起こして覗き込む。すると彼は、緩んだ顔を見られまいとするかのように手で顔を隠した。

「見るなって。今ニヤニヤしてるんだから」

「にこにこしてる蒼也さんも好きですよ」

笑いながら抱きつくと、彼が口元を覆ってため息を零《こぼ》す。

「こんなに誰かを好きになるのは初めてなんだ。どうしても勝手にニヤついてしまうな」

「嬉しい」

伸び上がって頬《ほお》にキスをすると、唇をチュッと吸われた。

「私だって、蒼也さんを一番好きなのは私だって自信ありますよ。嫌いな人なんてひとりもいないでしょうけど。……あっ」

「いたな。確実にひとりは」

蒼也の眉が上がる。

誰からも好かれる彼のことを嫌いな人がいるとしたら、きっと朝倉華だろう。蒼也が彼女とは合わなかったというだけで、彼女はあの場ではひとつも悪いことをしていないのだ。ちょっとかわいそうになる。

「朝倉華さん、落ち込んでないでしょうか」

蒼也が苦笑する。

「あれは彼女が勝手に怒って帰っただけだからな。俺と彼女は恋人でもないんだし、誰も彼女自身にはひどいことをしていないだろう？　それに、君はそんなこと心配する必要はない」

「どうしてですか？」

「ラウンジにいる君たちのところへ向かっていた時に、君に失礼なことを言ってたんだ」

「不細工だとか、ダサいとかですか？」

蒼也が自分を落ちつけるみたいに深呼吸をする。

「少し違うけど似たようなことだ。それで我慢ができなかったんだから、俺もまだまだなんだけど」

あおいは蒼也の肩に頭を預けた。

「怒ってくれたなんて嬉しいです。……でも、あれだけきれいな人にならどう思われても仕方ありませんね」

訝《いぶか》しむような蒼也の目がこちらを捉える。何か言いたそうだ。

「あおいは時々聖人みたいになるよな。嫉妬とか、他人を蹴落としてやろうという欲はないのか？」

「うーん、あんまりそういう感情を持ったことはないですね。でも、希望と欲望はありますよ。

えっと……妹には第一志望に合格してほしいし、弟には仕事を頑張ってほしいし、蒼也さんには幸せになってほしいです」

へへー、と相好《そうごう》を崩すと、それまでまるで宇宙人でも見るかのようだった蒼也の両目が幸せそうに弧を描く。

「俺はもう幸せになってるよ。君が一緒にいてくれるんだから」

「蒼也さん……」

「君が一番きれいだ。全部。心まできれいだよ」

あまりにも褒められすぎて、あおいは耳まで熱くなるのを感じた。蒼也だって、あおいのすべてを知っているわけではない。これからがっかりさせなければいいけれど。

「いくらなんでも褒めすぎですよ。でも、そんなふうに思ってもらえて嬉しいです。私……蒼也さんの隣に並べるかな」

「当たり前だろう。俺の隣にいるのは君しかいない」

あおいの唇が震えながら横に広がる。返事をする代わりに、あたたかい腕に自分の腕を絡ませた。

普段は冷たい印象の三白眼が、穏やかに揺れている。

「あおい、愛してるよ。ずっと一緒にいてくれ」

「はい……よろしくお願いします」

優しい笑みを湛《たた》えた蒼也に抱きしめられ、彼の匂いを胸深く吸い込んだ。それから見つめ合って、どちらからともなく重なる唇。甘い口づけを受けて涙ぐむあおいの脳内には、ひだまりのリビングでソファに寄り添うふたりの姿が鮮明に描かれていた。

5

蒼也のプロポーズから三カ月が過ぎたある夜。

フジチョウ建設近くのいつもの居酒屋には、あの日と同じメンバーの賑《にぎ》やかな声が響いていた。

あおいの隣には蒼也がいる。反対側の隣には美尋がいて、向かい側には優愛を挟んで、蒼也の部下の笠原たちが陣取っていた。

いちごソーダが満たされたグラスを片手に、優愛が立ち上がる。

「それでは、あおい先輩と蒼也さんの結婚を祝って、かんぱーい！」

「かんぱーい！」

あの日と同じ気の早い音頭で、それぞれのグラスがカチリと音を立てる。あおいはグラスビールをひと口だけ啜《すす》って笑った。

「ちょっ……まだ婚約すらしてないのに」

「先輩そんなこと言って、山田さんの契約もしっかり決めてきたじゃないですか」

「そうそう。だから蒼也さんとの結婚生活もうまくいくこと間違いなし！」

優愛のからかいに美尋が畳みかけてきて、先輩としての立場が丸つぶれだ。でも、今はそれが嬉しい。あおいにとって彼女たちは妹みたいな存在なのだ。

雑談に花が咲くテーブルに、料理が次々と運ばれてきた。

「生ハムのサラダここに置きますね～」

「焼き鳥来ましたよー」

「もうドリアとか頼んでるし！」

一気にテーブルが賑《にぎ》やかになり、料理が届くたび何かにつけて話が弾む。皆、昔からよく知っている仲間みたいだ。

続いて豪華な揚げ物の盛り合わせが届き、蒼也がテーブルの面々を見回す。

「あれ？　誰か頼んだ？」

「こちら、店長からのお祝いです」

皿を持ってきた店員が言うなり、「おめでとうございまーす」という声が店内のあちこちからあがる。あおいと蒼也は立ち上がって店員たちに礼を言った。常連とはいえ、店にまで祝ってもらえるなんて、その気遣いが嬉しい。

「それにしても、まさか結婚まで話が進んでるなんてビックリですよ！」

料理を取り分けながら優愛が言う。それ、それ！　と美尋が同調した。

「うちの部だけじゃなく、社内じゅうこの話で持ち切りだもん。全然恋愛に興味なさそうだった先輩が、超イケメンの御曹司と玉《たま》の輿《こし》婚《こん》するって。ねー！」

「ねー！」

「なんか恥ずかしいなあ」

示し合わせたように首を傾《かたむ》けるふたりを見て、あおいは苦笑した。

「はい、質問」

手をあげたのは笠原だ。

「結婚するまでのあいだどうするんですか？　もう一緒に住んだりしてます？」

蒼也の目があおいを捉え、ふたりして頷《うなず》く。

「彼女の妹さんが四月から大学生になるんだ。それを機に、俺のマンションで一緒に住むことになったよ」

「今のアパートはそのまま弟の名義に変えて、妹とふたりで暮らすことになったんです」

と、あおいが付け足す。

「同棲かぁ、憧れますねえ」

そう言ったのは美尋だ。今度は優愛が手をあげた。

「ハイハーイ！　私も先輩に質問があります！　蒼也さんのことを一度振ったって本当ですか？」

えーっ、と蒼也以外の男性たちが同時に大きな声をあげる。

「部ちょ……常務を振ったんですか!?　こんなイケメンをどうして!?」

笠原が身を乗り出した。

「えっと……あまりにもかっこよすぎたから」

あおいは正直に答えたつもりだったのに、なぜか全員が「ひゃーっ」と顔を覆った。隣を見ると蒼也まで口元を押さえている。彼の耳は真っ赤で、自分まで恥ずかしくなった。

優愛がぱたぱたと顔を手であおぐ。

「警戒しちゃう気持ちわかります！　私も本気で好きって言ってるのに、真面目に受け取ってもらえないことよくありますもん～」

「だよねー」

あおいはにっこりと頬《ほお》を緩めた。優愛のこの正直さが大好きなのだ。

「でも、そうと知ってたらその時にアタックしたのになあ」

「ごめんな。最初からあおいしか眼中になかったから」

そう言いながら、蒼也の視線は優愛に注がれてはいない。情熱的な双眸《そうぼう》に見つめられつつテーブルの下で手を握られて、あおいは身体が熱くなるのを感じた。

「あ～、やっぱり先輩たちエッチ～！　いいもーん。蒼也さんよりイケメンで背が高いお金持ちと結婚するから」

「俺は？」

「無理、無理」

優愛に肩を寄せる笠原に、全員が顔の前で手を振る。

「ひでぇ！」

撃沈する笠原を皆で笑い、慰めた。その笑いが収まる頃、あおいは真剣な目で優愛を見つめた。

「私は信じてるよ。優愛ちゃんには絶対に幸せになってもらいたいもん」

「せんぱ〜い……！」

彼女の甘い目元に、泣きまねではなく本当の涙がきらりと光った。

楠本のパワハラに負けて懐石料理店にいた日、優愛があちこち駆けずり回って蒼也を探し出してくれたのだとあとから聞いた。あの日、彼女が蒼也を見つけてくれなかったら、今頃はこんなふうに笑っていられなかっただろう。優愛はあおいの魂の恩人なのだ。

あれから楠本は、あおいの件とはまったく別の綻びから次々と過去のパワハラが明るみに出て、春の異動を待たずに地方へ飛ばされた。今は建設部門のパネル工場で製品出荷の管理業務を任されているらしい。新天地で心を入れ替えて、部下に優しい上司になってもらいたい。

すでに三月も残すところ数日となり、今期の各個人の業績も確定した。山田氏の案件の数字が全額自分のものとなったあおいは、念願の部内業績一位を達成し、期初には表彰を受ける。昇給も確実だと新しい部長に言われているし、夏のボーナスが今から楽しみで仕方がない。


「あぁ〜、どうしよ。蒼也さんもう来ちゃうよ」

住み慣れた自分の部屋の鏡の前で、あおいはちょいちょいと前髪を弄った。

優愛たちに結婚の報告をした翌週の土曜日、いつになく緊張して迎えた朝だ。今日は蒼也の実家を初めて訪問する日。彼の父親にどうにかして気に入られたくて、地位の高い男性に好まれる服装や話題について調べてみたものの、理解できた自信がない。

とりあえず昨日のうちに美容院には行ってきた。スーツは明るい色のシンプルなラウンドネックを選び、似た色のパンプスとバッグも買った。化粧は控えめにして、眉はふんわりと。しかし、スーツに合うリップがない。楓は若者らしく真っ赤な色のものしか持っていないらしく、仕方なく仕事用の地味なピンク色のリップにした。

すっかり準備を終えたあおいは、リビングに続くドアを開けた。ダイニングの椅子にVの字で寄りかかってスマホを見ているのは、スウェット姿の楓だ。長かった受験戦争も終わり、今や享楽の極みといったところだろう。

「ねえ、楓。お姉ちゃん変なところない？　後ろ、ゴミとかついてない？」

そばでくるくると回ってみせる。楓が「も～」とうんざりした様子を見せた。

「それさっきから何回目？　何もついてないし、おかしなところはひとつもないから。完璧でとても美しいお姉さまです」

「ごめん、ごめん。だって気になっちゃって」

「気持ちはわかるけど、ちょっと落ち着きなよ」

「そうそう。取って食われるわけじゃなし」

後ろから近づいてきたのは漣だ。

「姉貴もココアでも飲んでゆっくりしてれば？」

ニヤニヤして電気ケトルのスイッチを入れる弟に、あおいは恨みがましい目を向けた。第一志望の大学に合格してウハウハな楓はともかく、月曜から新入社員研修の始まる漣が、どうしてそんなにリラックスしていられるのかわからない。

「無理。今ココアのんだら車酔いしそうだし」

そう答えた時、ピンポーンとドアのチャイムが鳴り、あおいはビクッとした。

「来た……！」

小走りに玄関に向かいドアを開ける。

「おはよう」

「蒼也さん……おはようございます」

古ぼけたドアの向こうに見えた輝かんばかりの笑みに、だらしなく頬《ほお》を緩める。

彼がニコッと笑った拍子に、横に広がった唇から白い歯が零《こぼ》れた。麗しの婚約者様は、いつ見ても最高にかっこいい。

「そのスーツの色、よく似合ってるよ」

「へへ……ありがとうございます」

無言で見つめ合っていると、後ろにふたりが立つ気配があった。

「槙島さん、おはようございます！」

「おはよう。元気そうだね」

漣と楓が先に挨拶をして、あおいの肩越しに蒼也が声をかけた。結婚を前提とした交際を始めてすぐ、蒼也にはふたりを一度会わせている。漣は蒼也のことをかっこいい、かっこいいとしばらく言い続けていた。

蒼也があおいの後ろに目を向けたため、あおいは横にずれた。アパートの玄関は狭くてゆとりがないのだ。

「楓ちゃん、大学合格したんだって？　おめでとう」

「そうなんですよ。ありがとうございます！」

楓は嬉しそうだ。今月の上旬に合格発表があって、見事国立大学の看護学科に合格してくれた。妹なりに家の事情を考えて猛勉強した結果だ。合格発表の日、大学のホームページで受験番号を発見した時には、あおいも楓と抱き合って泣いて喜んだ。

ここからも通える距離で引っ越す必要がなく、漣も給料からいくらか生活費を入れてくれるそうだから、少し生活が楽になるだろう。

「じゃ、行こうか」

「お願いします」

もう少し話したそうにしていたふたりと別れて、蒼也の車で彼の実家へ向かった。

ここからは車で小一時間かかるそうだ。距離はたいしたことないものの、道路が混《こ》むらしい。黙りこくっていると、蒼也が運転席からちらちらと見てくる。

「今日はやけに静かだな。もしかして緊張してる？」

あおいは今にも泣き出しそうな顔を向けた。

「緊張してますよ～。蒼也さんのお父さんに気に入ってもらえるか自信がなくて……『そんな女、認め～ん‼』とか怒鳴られたらどうしよう」

「さすがにそんな言い方はしないだろう」

蒼也は楽しそうに笑ったが、あおいにしてみれば笑うどころの話ではない。以前に、彼の父親がいかに頑固者で厳しい人か聞かされているのだ。蒼也が早くにひとり暮らしを始めたのも、それが原因ではないかと勘ぐってしまう。

蒼也があおいの手を軽く握った。

「君ならきっと大丈夫だよ。あの山田さんを口説き落としたんだから」

「それは私の前に何年も通ってた人たちのおかげですよ」

「そんなことはない。君の人柄と実力だ」

彼の言葉に素直に頷《うなず》けず、あおいはため息をついた。

「お父さんと仲良くなる方法、何かないんですか？」

「そうだな……あおいは将棋わかる？」

「やったことありません」

そうか、と蒼也。

「父は初めて会った人とは必ず対局したがるんだ。駒の指し方で人となりがわかるらしい」

「わかるものなんですか？」

「さあ」

「もう、蒼也さん……！」

笑いながらあおいは助手席の窓に頭をくっつけた。普段訪問している顧客の中にも、会社役員や組織の重要なポジションに就いている人がいるが、大抵の話題が政治、経済、ゴルフの三本立てだ。

将棋や囲碁が趣味の人もいるが、さすがに誘われたことはない。これからは少し齧《かじ》っておいたほうがいいのだろうか。

それから雑談ばかりで、ろくな解決策も浮かばないまま蒼也の実家に到着した。

坂道を車でゆっくり上った先に見えてきたのは、いかにも歴史ある名家といった純日本家屋。石積みの基礎で支えられた土塀にぐるりと囲まれており、塀の中央に立派な数寄屋門がある。

周りは見るからに高級住宅地という町並みで、古い家は軒並み土地が広い。

「うわー……すごい。こんな立派なお屋敷、見たことないです」

隣接した駐車スペースで車を降りたあおいは、正面に回って感嘆の声をあげた。地主の中にはこういった和風建築の家で暮らしている人もいるが、ここまで大きくて立派な建物は初めてだ。

愛想のいい使用人に車のキーを預けて、蒼也が近づいてきた。

「さ、行こうか。階段に気をつけて。そこも、段差あるから」

「はい」

蒼也に手を取られて数寄屋門をくぐる。

門の内側は外から見るよりも広く感じた。横に長い母屋の手前に離れらしきものと土蔵がある。

不動産業界で働く者としてはじっくり見てみたいところだが、今はそれどころではない。

心臓は口から飛び出そうなほどドキドキしているし、繋がれた手は冷えているのにじっとりと汗をかいている。

そんなあおいの様子を心配したのか、蒼也が顔を覗き込んできた。

「大丈夫？」

「は、はい」

緊張で声まで震える。

「そんなに心配するな。君は人に好かれるから、自信を持って」

あおいの気持ちをほぐそうと、蒼也が優しく背中をさすってくれた。できることならずっと手を握っていてほしいが、そうもいかないだろう。

踏み石を通って風情のある和風庭園を抜けると、目の前に母屋が現れた。濡《ぬ》れ縁のある和室に和服姿の男性が座っている。あれが蒼也の父親だろう。あおいの心拍数が最高潮に達した。

広い玄関に入り、庭に面した縁側を通って一番奥の客間へ。端に寄せた障子の前で膝をつく蒼也に倣《なら》い、あおいも膝をつく。

「遅くなりました」

「うむ」

低く唸《うな》るような返事があり、蒼也の父親は目の前にあった将棋盤を脇にやった。

「失礼します」

蒼也に続き、あおいも客間に入る。槙島侑吾は無言でにこりともしない。一応事前にネットで調べてみたが、彼の笑顔はひとつも見つけられなかった。

「お父さん。こちらが話していた須崎あおいさんです。あおい、俺の父で槙島侑吾だ」

蒼也の紹介を受けて、あおいは手のひらまで畳について頭を下げた。

「はじめまして。蒼也さんとお付き合いさせていただいております、須崎あおいと申します。本日はお時間をいただきましてありがとうございました。至らぬ点があるとは思いますが、どうぞよろしくお願いいたします」

淀みなくすらすらと口上が出てくるのは仕事のお陰だ。声は震えていたものの、きちんと言えたと思う。

「それでお父さん。あおいさんとは来年のうちに結婚したいと考えています。近いうちにマンションに呼び寄せて一緒に暮らすつもりです」

「結婚？」

侑吾の視線がはじめてこちらを向き、あおいは身構えた。

「このお嬢さんと結婚までするのか」

（うっ）

結婚まで、と言われて思わず膝の上の両手を握りしめた。これは痛恨の一撃だ。やはり日本を代表する一大企業の会長のお眼鏡にはかなわなかったらしい。今の時点でこれでは、複雑な家庭環境を話したらどうなってしまうのだろう。

どことなく蒼也に似た鋭い目が、あおいをまっすぐに捉える。

「須崎さん……といったかな？　蒼也は私の息子であるだけでなく、将来は日本を背負って立つ企業の経営者になる男だ。その伴侶となるには、それ相応の家柄や経歴が必要となるが、どうだろうか」

「あ、あの……」

蒼也が震えるあおいの手を握り、力強い目を父親に向けた。

「お父さん。あなたがそうおっしゃるのは想定していましたが、われわれはもう大人です。結婚はお互いの意思により自由にできるもの。いくら父親とはいえ、口出しできるものではありません。それに――」

優しい眼差しがあおいに向けられる。

「僕は彼女の人柄に惹《ひ》かれたんです。控えめなのに芯が強く、誰よりもあたたかい心で周りを支えてくれる人……あなたがおっしゃる立場に僕がなった時、彼女ならしっかり支えてくれます」

しかし、息子の懇願を聞いても侑吾はしかめっ面を崩さない。背筋を伸ばして腕組みをし、目を閉じて黙っている。

あおいは握られた手をほどいた。

「蒼也さんのお父様。私の生い立ちについて正直にお話しします」

「あおい」

こちらに身体を向けた蒼也に対し、静かに首を横に振る。

「私は二十九歳で、歳の離れた弟と妹と三人でアパートで暮らしています。両親は私が小学生の頃に、父の浮気が原因で離婚しました」

侑吾の眉がぴくりと動く。

「父親はまともに養育費を払いませんでしたが、母が仕事をいくつも掛け持ちして私を短大まで出してくれました。就職して間もなく母を病気で亡くしてからは、弟妹《きょうだい》三人で力を合わせて生きてきました。複雑な家庭で育ちましたが、恥ずかしいとは思っていません。……確かに父はひどい人でしたが、家族には関係ありませんし、私自身、自分に後ろめたいことはしたことがありません」

一気に話し終えた時には、涙がすぐそこまで込み上げていた。これまでに何度も人に聞かせたのに、こんなに苦しい気持ちで話すのは初めてだったのだ。

侑吾がスッと立ち上がった。

「同情を買うつもりなら他を当たるといい。私は優しい人間ではないからな」

「お父さん、その言い方はあんまりです！」

「蒼也さん！」

父親に掴みかかろうとした蒼也を止める。

「話は済んだだろう。これから官僚たちとの会食があるので失礼する」

「あの……！」

踵《きびす》を返した侑吾をあおいは咄嗟《とっさ》に呼びとめた。その眉が険しくて一瞬怖気づきそうになったが、ここで怯んではいけない。

「まだ何かあるのが？」

「お父様は将棋がお好きだと伺いました。私、次にお会いする時までに覚えてきますので、どうか一度、お手合わせ願えないでしょうか」

侑吾の眉がぴくりと動いた。この部屋に入ってからはじめて、ほんのわずかだが唇の端が上がったように見えた。皺《しわ》の刻まれた彼の目元がスッと細くなる。

「君は、私が何年将棋をやってると思う？」

「わかりません。三十年くらいでしょうか」

「五十年だよ。君が将棋を覚えるのは勝手だが、くだらないことに付き合う時間はない」

帰りの車内で、あおいはズーンと沈みきっていた。懐石料理店での楠本の甥《おい》みたいにめそめそと泣ければいいが、あまりにもダメージを負いすぎて涙すら出ない。

（ああーーーー、もうダメかも。絶対に嫌われちゃったよ……）

「疲れたか？」

無言で目を閉じていたからか、蒼也が声をかけてきた。

「めちゃくちゃ疲れました。残業で日付を超えた時より疲れてます」

「よく頑張ったな。父が失礼なことを言って悪かった」

「いいえ……」

くしゃりと頭を撫《な》でられたと思うと、隣からクックッと笑う声が聞こえた。

「蒼也さん？」

信号で車が停まり、蒼也が口元に笑みを残したままあおいを抱き寄せる。彼の呼吸のせいで頭のてっぺんがあたたかい。

「今日は大成功だったな」

（はい？）

「君が将棋を覚えてくると言った時の親父の顔を、額装して飾りたいくらいだったよ」

「えーと、言ってる意味がよくわからないんですけど？」

抱擁が解かれて乱れた髪をさりげなく直す。信号が青になり、車が発進した。

「あの人にとっては、あれはもう一度会っても構わないという返事だよ」

「そうなんですか⁉」

鮮やかにハンドルをさばく蒼也の横顔を、あおいは凝視した。

（えー……わかりにくすぎる）

侑吾が発した辛辣《しんらつ》な言葉は一言一句覚えている。あのセリフのどこに『もう一度会っても構わない』なんて意思が潜んでいたのだろうか。

「それじゃあ、好意的に取ってもらえたってことなんですか？」

「まだその段階じゃないな。でも、面白い子だとは思われたんじゃないか？」

「面白い……」

前を向いたまま、あおいは小さく漏らした。『好き』の反対は『嫌い』ではなく『無関心』だとよく聞く。面白いという印象を抱いたのなら、少なくとも関心を持ってもらえたのではないだろうか。

「将棋なら俺が教えるよ。たった一度冷たくあしらわれたところで、諦める君じゃないだろう？」

ちらっと視線でこちらの反応を窺《うかが》う蒼也に、あおいは目を輝かせた。

「もちろんですよ！　開かない門は何度でも叩きます。玄関から先に上げてもらえなくても、何度でも訪問します。それが営業ってものですから！」

「よし、じゃあ帰ったら早速特訓だな」

帰りにおもちゃ店に寄って、将棋セットを買って蒼也のマンションに戻った。土日はマンションに泊まり、合間を見つけては将棋を教わる日々。今まで知らなかった世界の扉の中が面白くて、あおいはすぐにのめり込んだ。

アパートに帰っても、買いあさった入門書とにらめっこだ。動画も片っ端から見て、休みのたびに蒼也に相手をしてもらう。会社でも指南書を眺めていたら優愛と美尋に笑われた。

『先輩、おじいちゃんみたい～』

『うちのおじいちゃんが詰め将棋の本、よく読んでました』

『ふたりともそんなこと言って～。面白いんだよ？』

将棋は高齢男性の趣味と思われがちだが、実際にやってみるとものすごく頭を使うし、面白い。相手があることだから、自分が思い描いた通りには進んでくれないし、先を読むにも限界がある。

自主練習のためにポケット版の将棋セットまで買った。休憩中に練習していたら、いつの間にか社内でちょっとしたブームまで起きたのは計算外だったけれど。

特訓の甲斐あってか、ひと月経《た》つ頃には下手なりに一局指せるようになった。たった一カ月齧《かじ》っただけでは蒼也を苦しめることもできないが、顔繋ぎを兼ねて父親のもとを再度訪問することにした。

「お父さん、今日は彼女が対局してくれるそうですよ」

客間で対峙する侑吾は相変わらず険しい表情だ。前回とは別の意味でドキドキする。

「本当に覚えてきたのか。こんな若い女の子がまともに指せるとは思えんが」

（く～っ……やっぱり手厳しい！　でも負けてなるものか！）

「私、お父様のお相手ができるように毎日特訓してきました。若輩者ですが、どうかお相手願えないでしょうか」

「仕方ない。一度だけだぞ」

「はい、よろしくお願いします！」

しかし、ものの五分もしないうちに敗れた。負けるのは最初からわかっていたけれど、一度駒の動かし方を間違ってしまったことが存外に悔しい。

（あそこで間違わなければ……！）

対局終わりの挨拶をして、すぐにがばりと身を乗り出した。

「お父様、もう一局、もう一局お願いします！」

あおいの勢いに、侑吾がちょっと引き気味の体勢で顔をしかめる。彼はうんざりしたようにため息をついた。

「何度やっても同じだと思うが……まあいい」

はじめは苦い顔をしていた侑吾だが、結局それから二局も対戦してくれた。

将棋が終わると侑吾はすぐにどこかへ行ってしまったが、あおいは満足だった。その後は使用人たちと話をしたり、前回見ることがかなわなかった土蔵や庭園を蒼也に案内してもらった。

使用人によると、侑吾は不器用で人見知りなところがあり、打ち解けるのに時間が掛かるのだとか。創業者である蒼也の祖父から会社に引き入れられた頃は、人付き合いに苦労したようだ。

それからことあるごとに、あおいは蒼也と一緒に侑吾のもとを訪ねた。たとえ短時間であっても、都合が合うたびに顔を見せに行き、将棋をしたり、料理を作って振る舞ったりした。

料理といっても大掛かりなものではなく、いつも家で作っているような煮物や煮魚、酢の物といった定番の和食がメインだ。相変わらず笑顔は見せてくれない侑吾だったが、蒼也は『どうやらまんざらでもなさそうだ』と言う。その証拠に、蒼也が来る日をカレンダーに書き込んでいる姿を見ることが増えたと使用人から聞いた。

その日は突然やってきた。

いつものように対局が終わり、三人で食事をするために、あおいはキッチンに立っていた。今日はネットでバズっていた新しい料理を作るつもりだ。事前に漣と楓に食べさせたら、おいしいおいしいとふたりともぺろりと平らげていた。

最近は蒼也も一緒にキッチンに立つことが多く、今日も隣にいる。『そんな時代になったか』と後ろでため息をつく侑吾に、ふたりで顔を見合わせたりした。

食事が済み、蒼也と洗い物をしている時だった。

「娘もいいものだな」

後ろで茶を啜《すす》る侑吾がぽつりと漏らした言葉を、あおいは聞き逃さなかった。水を使っていたから、はじめは聞き間違いかと思ったが、そうではなかったらしい。蒼也と目が合った瞬間、彼が満面の笑みを浮かべたことで確信した。

「お父様……」

水を止めて振り返ると、侑吾は目を合わさずに読んでいた新聞を畳んで立ち上がった。

「ふたりとも、あとで客間に来るように」

その時はまだ半信半疑だった。しかし客間の襖《ふすま》を開け、神妙な面持ちで正座をして待つ侑吾を見た瞬間、ついにその時が来たのだとわかった。

「蒼也。須崎さん。お前たちの結婚を認めよう」

はっ、とあおいは短く息を吸い込んだ。蒼也と顔を見合わせ、手と手を取って喜びを確かめ合う。

「いや、認めるというのはおこがましいな。須崎あおいさん、息子はまだまだ若輩者で迷惑をかけるかもしれないが、それは親である私の責任だ。その時は遠慮なく言ってくれ」

三つ指をつく侑吾に、あおいも慌てて両手をついた。

「こちらこそ、結婚を許していただいてありがとうございます。彼とふたりで力を合わせて幸せな家庭を……きず、築いて――」

涙が込み上げて、そこから先が言えなかった。最初に挨拶に来てから半年、ようやく努力が花開く時が来たのだ。

すかさず蒼也があおいの手を握る。

「お父さん、僕からも礼を言います。ありがとう。明るく笑いの絶えない家庭を築きますので、どうか見守ってください」

真摯《しんし》に言い切った蒼也に対し、彼の父親はあおいが初めて見る笑みを薄く湛《たた》えて頷《うなず》いた。


それからは何もかもがトントン拍子に話が進み、怒涛《どとう》の日々だった。結婚式を一年以内に見据えて、まずは一緒に暮らしそうとあおいの荷物を蒼也のマンションに運んだ。足りない家具を休みのたびに買い揃《そろ》え、会社に結婚する旨を報告し、互いの親戚に挨拶をして回る。

あおいの親戚は数えるほどしかいないが、蒼也のほうは大変だった。彼の親戚には名だたる大企業の社長や会長、政治家までいる。泣く子も黙る著名人一家なのだ。中にはあおいの生い立ちを知っていい顔をしない者もいたが、そのたびに蒼也が言い含め、説得して、諌《いさ》めて……時にはやりすぎてあおいに叱られることもあった。

蒼也の実家が本家だから、盆や正月には彼らとまた顔を合わせることになるだろう。前途多難ではあるけれど、そこはこれから自分の力で乗り越えていかなければ、と気合を入れているところだ。

そして、瞬《また》く間に一年が過ぎた。

今日は待ちに待った結婚披露宴の当日。抜けるような秋晴れの空に爽やかな風が吹き、天気にも祝福されているようだ。

純白のウェディングドレスを着て支度室から出てきたあおいを、タキシード姿の蒼也が出迎えた。レースでできたフィンガーレスタイプのロンググローブをはめた手を、大きな手に載せる。

「あおい……きれいだ。本当にきれいだよ」

ドレス姿のあおいをうっとりと眺める蒼也の目は、今にも蕩《とろ》けてしまいそうだ。いつもの数倍はしっかりと化粧をしたあおいの顔をじっと見つめ、ダイヤのイヤリングが下がる耳、大きく開いたデコルテ、胸の谷間、コルセットでくびれさせた腰のライン、ふわりと広がったスカートに続く数メートルはあろうかという長いトレーンへ、じっくり視線を這《は》わせる。

蒼也に繋がれていないほうの手を口に当て、くすくすと笑った。

「見すぎですよ。蒼也さんもすごく素敵です。その衣装、よく似合ってますよ」

「そうかな。ありがとう」

照れ臭そうに目を細めた彼が、あおいの腰に手を回す。

彼が着ている上下黒色のタキシードは、あおいのと同じくオーダー品だ。襟には光沢があり、少し青みがかったベストには細かい織り柄が施されている。身体のサイズにぴたりと合っているせいか、スタイルのよさが一層際立っていた。普段は自然な感じに後ろへ流している黒髪は、サイドを駆り込んでトップをふんわり立たせている。

「せんぱ〜〜〜〜い！」

遠くから聞こえてくる声が誰のものか、もはや見なくてもわかる。ちょこまかと小走りにやってくる優愛と美尋にあおいは手を振った。

「きゃー、きれい〜〜!!　蒼也さんもかっこいい〜〜！」

目の前で立ち止まった優愛は、胸の前で手を合わせて目をうるうるさせている。

「ありがとう。優愛ちゃん、美尋ちゃん。あなたたちもきれいだよ」

優愛が口元に手を当てた。彼女らしいフェミニンなスタイルのひざ丈のドレスがよく似合っている。美尋は淡い色のスーツ姿だ。

「ホントですか？　今日はお招きありがとうございます。私たち、頑張りますね」

「なんの話？」

きょとんとする蒼也に、三人でくすくすと笑った。

「もう、鈍いんだから〜。蒼也さんの親戚とか友達だったら、ぜーったいハイスペック男子がいっぱい来てるじゃないですか」

「そうそう。それで優愛ちゃん、張りきってるんです」

「へえ」

ふたりの会話に納得した表情で蒼也が笑う。あおいはブーケを持つ手を見せつけるように揺らした。

「ふたりとも頑張って。いい男《ひと》ゲットしてね」

「もちろんです！」

一緒に何枚か写真を撮り、ふたりは受付へ向かった。

彼女たちと入れ替わりにやってきたのが、スーツ姿の漣とワンピースを着た楓だ。ふたりとも照れくさいのか、あおいのところまであと数メートルといったところで、お前が先に行けよ、いや、お兄ちゃんが、なんてごちゃごちゃやっている。

「おいで、ふたりとも。一緒に写真撮ろう」

助け舟を出したのは蒼也だ。何度か手招きされてやっと近づいてきた。

「今日はありがとうな。お姉さん、きれいだろう？」

うん、とふたりが小さく頷《うなず》く。楓はともかく、漣はもう少し大人だと思っていたから意外だ。

「お姉ちゃん……すごくきれいだよ。見違えちゃった」

面映《おもはゆ》そうにドレスの端に触れる妹の手を、あおいはそっと握った。

「ありがとう、楓。いつかお姉ちゃんにも楓の花嫁姿、見せてね」

楓が頬《ほお》をピンクに染めてはにかんだ。

式の時間まではだいぶ余裕があるため、ほかの親族が来るまではゆっくりしていられそうだ。四人で写真や動画を撮ってから、社会人になった漣の仕事ぶり、楓の大学生活についてあれこれと話す。雑談するうちにふたりの緊張もだいぶ解けてきたようだ。

「姉貴」

他愛もない会話が途切れた時、漣が改まった様子で声をかけた。

「なあに？」

「長いあいだ、俺たちを育ててくれてありがとう。今度は俺が支える番だから」

「え……ちょっと、やだ……」

急にそんなことを言われて、ぐっと涙が込み上げた。口元に手を当てたあおいの肩を、蒼也が抱き寄せる。せっかくきれいに化粧をしてもらったのだから、ここで泣いてはダメだ。鼻を啜《すす》り、何度も瞬《まばた》きをして必死に涙を引っ込める。

「漣、ありがとう。楓も頑張って国立大に合格してくれて、あなたたちには本当に感謝してる。でも、お姉ちゃんはふたりが幸せに生きてくれたほうが、ずっと、ずっと嬉しいの。私はこれからも仕事を続けるし、楓が卒業するまではお母さんでいさせて」

わっ、と楓が突然泣き出したため、あおいはびっくりした。漣が遠慮がちに妹の腕をさする。彼の目も赤い。

「ここまで来たんだから、あと数年くらい甘えたらどうだ?」

蒼也が漣の肩をポンと叩いた。

「わかりました。……蒼也さん、姉貴をよろしくお願いします」

「お願いします」

漣に続いて楓も泣きながら頭を下げ、四人で固く抱き合った。

彼らといったん別れてふたりきりになった時、蒼也があおいの手を握った。

「君たちきょうだいは、みんながみんなを思いあってるんだな」

「はい。本当にいい子たちです」

「彼らときょうだいになれて俺も嬉しいよ。本当に俺は何もしなくていいのか?」

「蒼也さん……」

心配そうな顔つきの蒼也を、あおいは見上げる。

「私がこれまで一生懸命に働いてきたのは、あの子たちを育てるためなんです。楓が大学を卒業するまであと二年半。そこまではしっかりと働いて、自分の人生にけじめをつけたいなって」

そうか、と蒼也がにっこりと頷《うなず》く。

彼が楓の学費を援助したいと申し出てくれたのは、プロポーズをされてすぐのことだった。なんならあおいたちの生活もすべてまとめて面倒を見たいとも言われたけれど、それは丁重に断った。

ここまでやってきたのだから、最後まできっちりと育て上げたい。その先に、蒼也との新しい生活があるのだと思う。

「俺としてはもっと甘えてほしいんだけど、仕方ないか」

「これからそういう時が来ますから」

「じゃ、早速今夜から励まないと」

ンッ、とあおいは咳払《せきばら》いをして声を落とす。

「もう励んでるじゃないですか。毎晩遅くまで……」

「もっと覚悟しとけって言いたかったんだけど？」

情熱的な眼差しを向けられて、頬《ほお》にカッと熱が差した。

「ちょっ……やだぁ」

ちらほらと列席者がやってきていたため、赤くなった顔を見られないようにブーケを掲げる。

蒼也は一刻も早く子供が欲しいようで、結婚式の日が来るのを今日まで心待ちにしていた。あおいも同じ気持ちだ。ふたりともやや複雑な家庭で育ったためか、あたたかな家族というものに憧れがある。

実のところ、楓の四年分の学費が貯まるまであと少しのところまできていた。産休、育休を挟んでも目標額に達する見込みなので、生活費は漣の収入と楓のバイト代でなんとか賄《まかな》ってもらえれば、もういつでも妊娠ＯＫだ。ただひとつ心配なのは、体力オバケの蒼也を毎晩のように相手して、身体が持つかということだけ。

（まあ、それも嬉しい悲鳴なんだけど）

勝手にニヤついてしまう唇をキュッと引き締める。

ブーケで顔が隠れているのをいいことに、あおいの腰に手を回した蒼也が耳元に唇を寄せた。

「あおい、愛してるよ。永遠に君だけだ」

甘く揺れる男らしい眼差しを、あおいは見つめる。

「私も愛してます。蒼也さん……私、今幸せです」

我慢しきれなかったのか、蒼也の唇が頬《ほお》に触れる。

瞬時に熱くなった身体に戸惑いながら、あおいは抱えきれない喜びに胸を震わせた。

この作品に対する皆様のご意見・ご感想をお待ちしております。

おハガキ・お手紙は以下の宛先にお送りください。

【宛先】

〒150-6008 東京都渋谷区恵比寿4-20-3 恵比寿ｶﾞｰﾃﾞﾝﾌﾟﾚｲｽﾀﾜｰ8F
（株）アルファポリス　書籍感想係

メールフォームでのご意見・ご感想は右のＱＲコードから、
あるいは以下のワードで検索をかけてください。

アルファポリス　書籍の感想　検索

ご感想はこちらから

カラダ契約《けいやく》
～エリート御曹司《おんぞうし》との不埒《ふらち》な一夜《いちや》から執愛《しゅうあい》がはじまりました～

ととり とわ

2023年11月25日初版発行

編集－渡邉和音・森 順子
編集長－倉持真理
発行者－梶本雄介
発行所－株式会社アルファポリス
〒150-6008 東京都渋谷区恵比寿4-20-3 恵比寿ｶﾞｰﾃﾞﾝﾌﾟﾚｲｽﾀﾜｰ8F
TEL 03-6277-1601（営業）03-6277-1602（編集）
URL https://www.alphapolis.co.jp/
発売元－株式会社星雲社（共同出版社・流通責任出版社）
〒112-0005 東京都文京区水道1-3-30
TEL 03-3868-3275
装丁イラスト－マノ
装丁デザイン－AFTERGLOW
（レーベルフォーマットデザイン—ansyyqdesign）
印刷－中央精版印刷株式会社

価格はカバーに表示されてあります。

落丁乱丁の場合はアルファポリスまでご連絡ください。

送料は小社負担でお取り替えします。


ISBN978-4-434-32919-7 C0093